LA LISTE DES NULS

T'ES MORT

LA LISTE DES NULS

H.N. KOWITT

Texte français de Claudine Azoulay

Éditions
■SCHOLASTIC

Catalogage avant publication de Bibliothèque et Archives Canada

Kowitt, Holly

La liste des nuls / H.N. Kowitt ; texte français de Claudine Azoulay.

Traduction de: The loser list.

Pour les 9-12 ans.

ISBN 978-1-4431-1107-2

I. Azoulay, Claudine II. Titre.

PZ23.K69Li 2011   j813'.54   C2011-902296-6

Édition publiée par les Éditions Scholastic, 604, rue King Ouest, Toronto
(Ontario) M5V 1E1

5 4 3 2 1   Imprimé au Canada 116   11 12 13 14 15

Pour Maman et Papa

Un merci tout spécial
à David Manis et Ellen Miles

LA
LISTE
DES
NULS

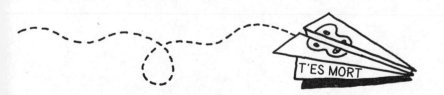

* MOI EN BREF

Nom : Danny Shine (ça rime avec « chigne »)

Âge : 12 ans

Occupation : Élève de 7ᵉ année à l'école
Gerald Ford (ÉGF)

Aime : Dessiner des trucs

Comme : Des boîtes de conserve rouillées,
des chaussettes qui puent

Lieu favori : Le magasin Planète BD

Amour impossible : Asia O'Neill

Cherche encore : Un sport où je suis bon

Plus grande peur : Chantal Davis

Réplique la plus improbable : « Tu veux mon
poing sur ta face? »

* CHAPITRE UN *

Pour être un bon artiste, on a besoin d'un bon crayon. Le mien était un T-360, payé 12 dollars à la boutique de matériel d'art Pastel.

Qui aurait cru que ce crayon allait presque gâcher ma vie?

On était en classe-foyer, en train d'écrire une composition libre. Pour moi, c'était l'occasion de remplir mon carnet de dessins avec des robots et des haches ensanglantées. De temps en temps, je me redressais, en espérant que quelqu'un remarquerait mon dessin et s'exclamerait « Super, ton monstre à rayons X ».

Au lieu de ça, Chantal Davis m'a flanqué un coup de poing et m'a dit :

2

— Fais-moi voir ce crayon. (Traduction : « Ce crayon est à moi maintenant. »)

— Non, ai-je répondu, en ajoutant quelques cils à un globe oculaire.

Chantal est une diva, une fouineuse ou une brute, ça dépend du point de vue. Il faut se méfier parce qu'elle est capable de flairer la peur, ce qui la rend encore plus enragée. Si je n'avais pas aussi peur de Chantal, j'en serais peut-être amoureux.

Pas aussi amoureux que je le suis, mettons, d'Asia O'Neill, la fille du cours de maths, aux cheveux incroyables. Chantal ressemble plus à une force de la nature.

* CHANTAL EN BREF

Job : Chef des élèves de 7ᵉ année (autoproclamée)

Caractéristique : Arrogante

Bête noire : Faire ses devoirs

Titre de gloire : Possède un livre de bibliothèque depuis 6,3 ans

Phrase préférée : « Ne m'oblige pas à te donner la FESSÉE. »

Le casier de Chantal est plein de trucs que les gens lui ont « donnés ». Moi-même, j'ai déjà contribué généreusement au Fonds Chantal Davis, et je n'avais aucune envie d'y apporter une autre contribution. Pas question de lui passer mon T-360.

Notre conversation s'est poursuivie :

– NON?

– Non.

– Danny, tu n'as pas entendu ce que je t'ai dit?

– Oui, j'ai entendu.

4

— Donne-moi ce crayon, ou je mets ton nom sur la liste des nuls. Et là, toute l'école saura quel pauvre geek tu es.

La liste des nuls. Jamais entendu parler.

Chantal a poursuivi :

— Tu viens juste de dessiner ton dernier globe oculaire. Quand les filles verront ton nom sur la liste, elles feront semblant de ne plus te voir. Toi et ce troll cinglé qui te suit tout le temps.

Elle devait parler de mon meilleur ami, Jasper.

— Mais c'est pas comme si quelqu'un t'adressait la parole, de toute façon.

— Et alors? ai-je dit, la gorge serrée. J'aurai qu'à rayer mon nom.

— Ah oui? a pouffé Chantal. La prochaine fois que t'iras dans les TOILETTES DES FILLES?

Les toilettes des filles?

Oh, zut.

Des élèves ont relevé la <u>tête</u>, espérant qu'une bataille éclate.

Chantal s'est tournée vers un gars à côté de nous :

– Qu'est-ce que tu regardes, toi?

J'essayais de tourner la menace de Chantal à la plaisanterie, mais en fait, elle me menait par le bout du nez. À l'ÉGF, je me situe à mi-chemin dans la chaîne alimentaire. Je ne suis pas le président des matheux, mais personne ne me réserve une place à la table des cool non plus. Je ne peux pas me permettre de trop déraper.

CINQ LISTES SUR LESQUELLES MON NOM NE FIGURE PAS :

1. Les gars les plus séduisants du magazine Cool
2. L'équipe de basket-ball intermunicipale
3. Les demi-finalistes de l'expo-sciences régionale
4. L'inscription à l'expédition de canot portage des scouts
5. La liste de contacts d'Asia O'Neill

Quand la cloche a sonné, j'ai quitté la classe en quatrième vitesse pour aller avertir Jasper au sujet de Chantal. J'ai trouvé mon copain en train de fourrer plein de trucs dans son casier : des livres de maths, un DVD de Godzilla et une petite cage.

– Chantal va mettre nos noms sur une certaine liste des nuls, lui ai-je dit, essoufflé d'avoir couru. Celle qui annonce au monde entier qu'on est des geeks.

– Et alors? a-t-il dit en haussant les épaules.

Pour lui, le mot « geek » n'est pas une insulte. Il vit sa vie, que ce soit dans un camp de magie, des échecs karaoké (ne me demandez pas ce que c'est) ou l'invention de saveurs étranges de barbotine. Jasper est un gars génial, mais personne ne voit plus loin que son t-shirt avec JE SUIS ACCRO AUX NOMBRES DÉCIMAUX écrit dessus.

Ce n'est pas pour parler encore de la guerre des étoiles, mais...

CALCULS DIFFÉRENTIELS AVANCÉS

– C'est quoi ça? ai-je demandé en pointant la cage.

– Le repas d'Alec.

Jasper possédait des animaux exotiques, dont un python baptisé Alec Baldwin.

J'ai regardé de plus près. C'était une souris vivante.

– Miley Cyrus, a dit Jasper. Elle est où cette liste des nuls?

– Dans les toilettes des filles.

– C'est pas optimal, a dit Jasper en fourrant une roue à gerbille sur la tablette supérieure.

– Qu'est-ce que tu… oui, c'est sûr! ai-je bredouillé. Tu veux que ton statut de geek soit annoncé à toutes les filles de l'école?

– C'est pas comme si j'essayais de garder cet état de chose secret, a répondu Jasper après une pause.

Eh bien, moi, je <u>ne</u> suis <u>pas</u> un geek. J'ai des centres d'intérêt nombreux et variés :

Lire des BD   Dessiner des BD   Échanger des BD   Acheter des B

Dans les BD, on découvre un monde délirant et étrange, mais où les règles sont très claires... contrairement à celles de l'école. Superman sait qu'il ne doit pas se frotter à la kryptonite. Mon école est étrange elle aussi, mais elle n'a pas de règles. On peut juste s'y frayer un chemin en espérant ne pas commettre de crime sans le savoir, comme porter les mauvaises chaussures de sport ou aimer la musique country.

ATOUTS POUVANT FAIRE DE TOI UN ÉLÈVE COOL :

Une blessure de sport

Ton groupe de musique

Les « bonnes » chaussures de course

Un parent au métier super cool

Une télé à écran géant

Une lobotomie frontale

À mesure que la journée avançait, je commençais à croire que Jasper avait raison. On ne savait rien de la liste. Peut-être que personne ne la lisait. Elle pouvait être difficile à trouver ou écrite de manière illisible. Quand j'ai regardé les graffitis dans les toilettes des garçons, j'ai été rassuré par leur stupidité.

Ethan G.

FACE DE PET

ouais

POUILLEUX

Mange d'la crotte

Débile

Darrell est un nuuul

(555) 2136

FACE

& $ % # * o !

DE Andy pue

HK DM

Ta sœur est tellement BÊTE qu'elle

J'ai été à mon cours et je n'ai plus pensé à la liste des nuls.

Au dîner, deux heures plus tard, il flottait un air de « il se passe quelque chose ». Une file hyper longue serpentait autour du distributeur à boissons et jusque dans le corridor. Quand j'ai aperçu une piñata, j'ai eu un coup au coeur.

La journée du Mexique.

Les jours thématiques, il y a toujours un risque que des adultes arrivent costumés. Comme de fait, M. Amundson, notre directeur adjoint, qui essaie désespérément d'être cool, était déguisé en toréador. J'ai essayé de détourner le regard… trop tard.

– Ça va, hombre? m'a-t-il demandé.

* JOURNÉE DU MEXIQUE *

Pour :

Contre :

Sauce salsa et
croustilles

Employées de la
cafétéria en sombreros

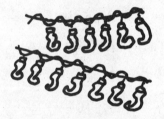

Lumières en forme
de piments

Sauce piquante

Burritos
aux haricots

Burritos
aux haricots

– Ça va, ai-je dit rapidement, en rejoignant la file.

Alors que je me servais un taco, j'ai entendu une voix de fille derrière moi.

– Hé, le nul! m'a-t-elle lancé.

Une autre fille a rigolé. Qui étaient-elles? Je n'ai pas osé me retourner.

Rapidement, je me suis mis en file à la table des condiments. La fille devant moi portait une veste en cuir et avait de longs cheveux noirs. J'avais les mains moites. Elle était de dos, mais je savais qui c'était.

Asia O'Neill.

Qu'est-ce qu'elle a de si génial? Elle a un look cool : de longs cheveux noirs et des yeux bleus. Je ne comprends pas toujours ses goûts vestimentaires, mais ils me plaisent. Ce qu'elle trimballe suggère une vie intéressante : des baguettes de tambour, une planche à roulettes, une bande dessinée. Elle a toujours l'air un peu exaspérée, ce que je prends pour un signe d'intelligence.

Et elle est tellement, mais _tellement_ hors de ma portée.

ASIA EN BREF [PAS D'ILLUSTRATION]*

Statut : Fille la plus cool de l'école

Possède : Un fusil de paintball

Accessoire : Une planche à roulettes à rayures de zèbre

Affiliations politiques : Malibu Nussbaum pour le conseil étudiant

Parfum des cheveux : Jujube à la cerise

* Je ne suis pas un artiste assez doué pour lui rendre justice. Désolé.

C'est à peine si j'apparais sur son écran radar. En classe-foyer, elle ne s'est jamais retournée pour me faire des compliments sur mon dessin de squelette ou de pointe de pizza. Je ne la vois presque jamais en dehors des cours. La file a avancé. Tout en me servant de la sauce piquante, je me suis demandé ce que je pourrais bien lui dire.

RÉPLIQUES INTELLIGENTES POUR BRISER LA GLACE :

Mais avant que je puisse lancer une de ces perles, Katelyn Ogleby a fourré un taco sous le distributeur. Elle est dans un de mes cours : c'est une cruche toujours collée à sa meilleure amie comme un autocollant parfumé. Comme de raison, Ginnifer était à côté d'elle. Elles m'ont vu et se sont mises à chuchoter.

— Alors, Danny, a dit Katelyn d'une voix moqueuse. Qui t'a inscrit sur la liste des nuls?

— Les geeks, ça va encore, a dit Ginnifer, la plus gentille des deux. On n'a pas dit que t'étais un psychopathe.

— Eh bien, moi, je détesterais me retrouver sur cette liste, a dit Katelyn.

Asia est passée à côté de nous pour prendre une paille.

NON! Je ne voulais pas qu'elle sache que j'étais sur la liste des nuls. Je me suis retourné d'un coup pour affronter Katelyn, et nos plateaux se sont heurtés. Un élève éclaboussé s'est écarté d'un bond et sa salade a volé dans les airs.

— UN LANCE-BOUFFE! a crié quelqu'un.

La cafétéria au complet est passée en état d'alerte. Un type à ma gauche a lancé le premier projectile officiel, un sac de croustilles de maïs ouvert. Un burrito a traversé la pièce.

— Un momento, por favor! a crié M. Amundson.

Mais une fois le premier burrito lancé, il n'y avait plus grand-chose à faire. En quelques secondes, la bataille était à son comble.

TABLEAU DE CONVERSION DES ARMES UTILISÉES POUR UNE BATAILLE DE NOURRITURE

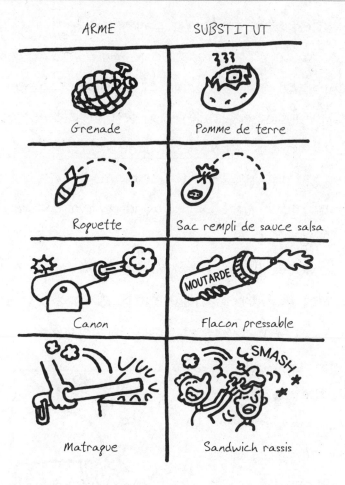

ARME	SUBSTITUT
Grenade	Pomme de terre
Roquette	Sac rempli de sauce salsa
Canon	Flacon pressable
Matraque	Sandwich rassis

Un missile de guacamole a touché la veste en cuir d'Asia en faisant floup! Elle avait besoin de protection. À la recherche d'une arme, je me suis aperçu que je me tenais près du filon principal : cinq gallons de magma épicé.

En tenant le contenant comme un Uzi, j'ai assuré un feu de couverture. Un type a pointé un flacon de moutarde en direction d'Asia et je lui ai recouvert la tête d'un liquide rouge gluant. Il s'est arrêté net et s'est tourné vers moi, vraiment lentement. Sous le liquide gluant, j'ai distingué un bracelet clouté et un t-shirt Chasseur de la mort. J'ai eu un serrement de cœur.

C'était Axl.

Je venais de signer mon arrêt de mort. Axl « Ne m'appelez pas Morris » Ryan est la plus grosse brute de l'école, connue pour ses foulards « dourags », sa face rouge et son regard sans expression. Il a bourdonné comme un frelon en colère et m'a saisi au collet.

– Je…

J'avais le souffle

coupé. Les clous de son bracelet me rentraient dans le cou.

— Ça fait quel effet, idiot? a-t-il chuchoté.

—Attends un peu, toi!

M. Robinson, le gardien de sécurité de l'école, a décollé Axl de moi. Le silence est tombé pendant que Robinson parcourait la pièce des yeux. Ses yeux plissés ont eu l'air de dire : « Vous devriez avoir honte. » Avec sa taille et son crâne chauve luisant, lui seul avait la capacité d'arrêter le bain de sang.

— Tout le monde se rassoit et finit son dîner. MAINTENANT. Et toi, tu viens avec moi, mon garçon, a-t-il ajouté en empoignant le bras d'Axl.

— QUOI? a hurlé Axl en me pointant du doigt. Mais c'est sa faute!

Pendant que Robinson le tirait pour le faire sortir, Axl, dégoulinant de sauce piquante, s'est tourné vers moi et m'a lancé :

— Toi. T'es. Mort.

Ses yeux bleus furieux m'ont glacé le sang.

J'avais la gorge serrée. Me mettre Axl à dos était une grave erreur. Mais les remerciements exubérants d'Asia en vaudraient bien la peine. « C'est rien », lui dirais-je, comme si de défendre les jolies filles, c'était de la routine pour moi. Quand je me suis dirigé vers elle, elle retirait des grains de maïs de ses cheveux.

Ah, ces cheveux!

Elle s'est tournée vers moi, les yeux furibonds.

— Merci d'avoir démarré une bataille de nourriture, a-t-elle dit d'un ton dur.

QUOI?

— Ma veste est fichue. T'es content?

— Asia, je n'ai pas...

Mais elle a rejeté sa tête en arrière et est partie comme une tornade. J'étais stupéfait. Pour elle, je venais juste d'administrer à Axl un facial à la sauce piquante! En l'espace de dix minutes, j'avais réussi à me mettre à dos la fille la plus séduisante de l'école... et sa brute la plus dangereuse.

Tout ça à cause de la liste des nuls.

D'un pas lourd, je suis retourné à notre table. Jasper lisait, inconscient de la bataille qui avait fait rage à quelques centimètres seulement de sa tête.

– T'as de la viande de taco dans les cheveux,

m'a-t-il dit en tournant une page.

– Jasper, ai-je dit en l'attrapant par l'épaule. Il faut qu'on s'enlève de la liste des nuls. Maintenant.

Jasper a siroté bruyamment son jus.

– Je suis sérieux. Les filles racontent des trucs. Il faut qu'on aille dans les toilettes des filles pour effacer la liste. Aujourd'hui.

Et j'ai brandi l'argument massue :

— Si on nous prend pour des nuls, tu risques de ne pas être choisi pour la Coupe des jeux-questionnaires. La sélection se fait par le vote des élèves, tu te souviens?

— Hum, a fait Jasper en fronçant les sourcils.

La Coupe des jeux-questionnaires était un concours destiné aux génies de 7e année et il avait bien l'intention d'y participer.

— C'est un bon argument. On pourrait pas demander à quelqu'un de le faire pour nous?

— À qui? ai-je dit d'une voix aigüe.

Lentement, on a parcouru des yeux la cafétéria, à la recherche d'une fille qu'on connaîtrait suffisamment pour lui demander. Parmi les 300 filles présentes... il n'y en avait aucune.

— Bon, alors, on se retrouve après l'école, a dit Jasper à contrecœur en soupirant.

— À mon casier, ai-je dit d'un ton sévère. 15 h 30.

L'opération Raid sur les toilettes était lancée.

* CHAPITRE DEUX *

Devant mon casier, Jasper m'a donné des conseils.

— On est capables de se déplacer rapidement et sans faire de bruit. C'est notre meilleure arme.

J'ai roulé des yeux. Jasper avait trop joué à Ninja Master. Pendant qu'on attendait que les corridors se vident, j'ai réorganisé mon casier.

— Poing de serpent, a dit Jasper en faisant un coup du tranchant de la main. C'est mon nom ninja.

— C'est ça.

J'ai trié mon désordre. Comment avais-je fait pour ramasser autant de choses?

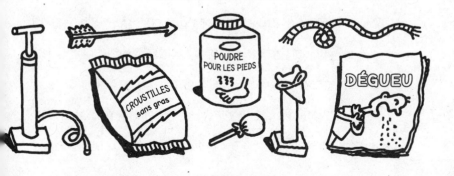

– Tu veux que j'escalade un mur? m'a demandé Jasper. Que je me métamorphose? Hé, c'est mon chapeau de viking.

– Pas besoin de sortir tes nunchuks, ai-je dit en lui tendant son chapeau. C'est franchement simple. On va dans les toilettes des filles, on trouve la liste et on raye nos noms. Fin de la mission.

– Infiltration. Sabotage. J'ai pigé.

J'avais déjà vu ce regard chez lui. Par exemple, le jour de la sortie d'Avatar, il avait piraté le site Internet de l'école pour annuler les cours. Il adore avoir un plan audacieux.

On a marché dans le corridor, en se mélangeant aux élèves qui se hâtaient vers l'atelier de cuisine, le club d'histoire et d'autres activités parascolaires.

Et bien sûr, on est tombés sur Mme Lacewell, qui administre le secrétariat comme une base militaire.

— Et vous allez où, messieurs? a-t-elle demandé en nous scrutant par-dessus ses lunettes.

Jasper a marmonné quelque chose comme « du sport parascolaire ».

— Du basket-ball? a dit Lacewell en regardant son chapeau de viking avec un froncement de sourcils. Parce que c'est le seul entraînement aujourd'hui.

— Mouais, a dit Jasper avec un hochement de tête.

Deux sportifs costauds de huitième  année, en survêtements, ont traversé le corridor en direction du gymnase, en dribblant un ballon de basket.

— Hé, les gars, a lancé Jasper sans conviction. Attendez-nous.

Les sportifs ont regardé en arrière, ont rigolé et

ont continué à marcher. Mme Lacewell a plissé les yeux.

— Et que je ne vous attrape pas dans le cours de danse aérobique. C'est pour les filles seulement.

— Non non. Du basket-ball.

En disant ça, j'ai sauté pour lancer une serviette en papier froissée dans la poubelle, mais je l'ai ratée. Lacewell a marmonné un « pfff » et on est partis en direction du gymnase. Une fois hors de vue, on s'est précipités à l'étage.

Pousser la porte portant l'inscription FILLES était étrangement excitant. Je voulais tout regarder. Les carreaux étaient roses et le miroir était plus grand que le nôtre. Je me suis approché d'une boîte en métal placée dans la première cabine, mais les mots SERVIETTES HYGIÉNIQUES m'ont vite fait reculer.

Je suis retourné dans l'aire commune et j'ai scruté les graffitis au-dessus des lavabos.

Plutôt décevant. J'avais espéré secrètement que les graffitis ressembleraient à ça :

Les bédéistes sont super !!!!

DANNY est SEXY

Les Sportifs puer

J'♡ les gar petits et studieu ????

xox

Ouais!

Tellement vrai!

Allez, Jasper

—Je l'ai trouvée, a crié Jasper depuis la dernière cabine.

La liste des nuls, ah oui! Pendant un instant, j'avais oublié la raison de notre présence.

J'ai changé de place avec Jasper et mon cœur s'est mis à battre très fort. Forcément, elle se trouvait entre JENNA ET EMILY MEILLEURES AMIES DU

MONDE et KENDRA EST SUPER. Le prétendu « crime »
était écrit à côté de chaque nom.

* LA LISTE DES NULS

1. Barney Katz – VOMISSEUR
2. Jake Ogletree – PLEURNICHEUR
3. Saajid Dhurba – PORTE DES SABOTS AVEC DES CHAUSSETTES TUBES
4. Luke Pringle – PARLE BIZARREMENT
5. Dolf Gazzolo – ~~PSICOPATE~~ PSYCHOPATHE
6. Julian Kraft – A UN PRÉNOM DE FILLE
7. Ethan Fogerty – BRITANNIQUE
8. Danny Shine et Jasper Koenig – PLUS GRANDS GEEKS DE TOUS LES TEMPS

Ouille.

J'ai eu l'impression de recevoir un coup dans l'estomac. Ça servait à quoi d'essayer d'impressionner les filles avec des dessins? Voilà comment une personne, au moins une, me percevait. Si toutes les autres – Asia, par exemple – lisaient la liste, elles pourraient être du même avis.

Il fallait que je raye mon nom... et vite. Alors que je retirais le capuchon de mon crayon-feutre à encre permanente, j'ai entendu quelqu'un tousser.

– Ahem.

Mme Lacewell était derrière moi. Les bras croisés, elle me fixait par-dessus ses lunettes. Et attendait une explication.

– On était juste...

J'ai regardé dans la pièce. Où était Jasper?

– Danny, a dit Mme Lacewell d'un ton calme. Qu'est-ce que tu fais ici?

– Mon nom est sur cette liste, ai-je dit en laissant tomber mon crayon. Vous voyez, j'essayais juste de...

– Peu importe, Danny, a-t-elle dit en hochant la tête. Je t'ai pris en flagrant délit, en train d'écrire sur la propriété de l'école. Tu vas directement au bureau du directeur.

– Non, m'dame! J'étais...

– À l'entraînement de basket-ball, a-t-elle marmonné en me poussant vers la sortie. Ne t'imagine pas que j'ai avalé ça.

Oh, zut.

Le directeur était déjà parti. On est donc allés au bureau du directeur adjoint. Les stores étaient baissés, mais la lumière était allumée.

– M. Amundson, a crié Mme Lacewell en frappant à la porte.

Pas de réponse.

– M. Amundson, a-t-elle répété.

On entendait du bruit à l'intérieur, mais toujours pas de réponse.

– M. Amundson, l'affaire est urgente.

Finalement, la tête d'Amundson est apparue. Il avait l'air très fâché et ses cheveux étaient placés bizarrement sur sa tête. Sa perruque était l'un des secrets les moins bien gardés de notre école.

* AUTRES SECRETS MAL GARDÉS :

Les restes de la journée du Mexique sont recyclés dans le gratin de chili.

M. Fingerroth ne lit pas la date sur les laissez-passer.

« Nous y reviendrons » veut dire que Mme Lippert ne connaît pas la réponse à une question.

M. Amundson a froncé les sourcils :

— Mme Lacewell, je suis en train de prendre des décisions importantes pour le programme scolaire. Ce n'est pas le moment...

Mme Lacewell est entrée en trombe dans le bureau, en me traînant derrière elle. Vu les objets étalés sur son bureau, on savait très bien ce que faisait M. Amundson.

Mme Lacewell a toussoté et le front de
M. Amundson a rougi. Il a repoussé rapidement le
fouillis sur le côté du bureau et a retourné le miroir.

– Oui, Mme Lacewell. Que se passe-t-il?

– M. Amundson, j'ai trouvé Danny dans les toilettes
des filles, en train d'écrire avec un crayon feutre
indélébile. Je vous laisse juge de la punition qu'il mérite.

Elle m'a fait asseoir en appuyant sur mes épaules.
Le siège était mou et me piquait les fesses.

– J'étais en train de retirer des graffitis
calomnieux, m'sieur. C'est pour ça que…

— Je me moque pas mal de la raison pour laquelle tu faisais ça, a dit Amundson en tapotant son bureau. Tu dégradais la propriété de l'école et c'est pas cool.

Il aimait utiliser le langage des jeunes pour se donner un air cool.

AMUNDSON EN BREF

Bêtes noires : Les boulettes de gomme à mâcher collées sous les bureaux, les casiers mal rangés

Résolution : Utiliser plus souvent l'expression « Faut prendre ça cool. »

Bien de valeur : Une brosse à cheveux de luxe

Phrase préférée : « Veuillez accueillir monsieur le directeur sous vos applaudissements. »

– Tu sais ce que ça veut dire, ça? a dit Amundson d'un ton grave. Retenue... une semaine. Vandaliser la propriété de l'école... c'est vraiment pas correct.

Une semaine entière!

– Mais, m'sieur, j'ai...

– Tu mérites le respect pour tes bonnes notes, Danny. Mais si tu t'en tirais sans conséquence, quel exemple ça donnerait aux autres élèves?

Oh, zut. La retenue, c'était l'enfer, tout le monde le disait. Les criminels les plus endurcis de notre école y allaient, et si je devais être lâché avec eux pendant une semaine entière...! À quoi je ressemblerais quand ils en auraient fini avec moi?

Mon cœur s'est emballé.

– Heu… je suis désolé d'avoir écrit dans les toilettes… sincèrement. Mais y'aurait pas autre chose que la retenue pour me…

– Non. Rien. Négatif.

Zut! Je me suis encore gratté les fesses et j'ai remarqué que j'étais assis sur quelque chose. De dessous mes fesses, j'ai tiré un tas de poils brun gris. Il m'a fallu quelques secondes pour piger que c'était une autre perruque.

Je l'ai posée sur le bureau.

– Qu'est-ce que…?

Amundson a pris un certain temps pour comprendre.

– Donne-moi ça!

Alors qu'il se penchait pour prendre la perruque, son bras a accroché un flacon ouvert. Il a regardé son coude couvert d'une bouillie rose.

– Et maintenant, regarde ce que tu m'as fait faire!

Il a ouvert la porte, tremblant de colère.

– Sors… d'ici… et vite, a-t-il dit d'une voix basse, ou je te donne DEUX semaines.

Jasper est resté bouche bée.

– Tu n'es pas sérieux.

– Très sérieux. Et ça commence lundi.

Jasper est devenu blême. On était chez Planète BD, notre lieu favori. Je m'y étais précipité, à la recherche de Jasper.

– Oh, zut, a-t-il dit en se couvrant les yeux d'une main.

– Comment as-tu fait pour te cacher de Lacewell? Elle est entrée et toi, tu avais disparu.

– Le siège de toilette. Je suis resté immobile comme une statue… c'est une vieille astuce de ninja. Je me suis mis en boule pour que Lacewell ne voie pas mes pieds. Je suis désolé qu'elle t'ait attrapé, a-t-il ajouté en hochant la tête. Une retenue. Punaise!

Il commençait à me faire peur.

– Hé, Jasper, c'est si terrible que ça?

   – Ces types sont des bêtes. Ils vont te manger
tout cru.

   – Ça alors, j'ai...

   – C'est ta dernière fin de semaine de liberté, a
dit Jasper en hochant tristement la tête. Essaie d'en
profiter. Tu veux une BD... Potins de cadavres?
Capitaine Cocasse? C'est moi qui paie.

   Là, j'étais réellement inquiet. Jasper était un vrai
radin. Il avait lu 200 numéros de Scélérate – notre
BD favorite – debout dans le magasin.

   – Salut, les gars.

   Logan O'Brady, la propriétaire de Planète BD,

est passée à côté de nous. C'était une grande snob en matière de BD. Elle faisait peur aux jeunes clients en roulant des yeux quand ils lui posaient des questions stupides. On la connaissait depuis trois ans et on aimait croire qu'on finirait par l'apprivoiser. Quand elle a vu nos têtes, elle s'est arrêtée.

– Quelqu'un est mort ou quoi?

LOGAN EN BREF :

Occupation : Propriétaire du magasin Planète BD

Attitude : Grincheuse

Maquillage : Baume pour les lèvres Luke Skywalker

Bête noire : Les clients qui lisent sans rien acheter

Phrase préférée : « Hé, c'est pas une bibliothèque ici! »

T'étais mieux sur Internet

– Pas encore, a répondu Jasper en toussotant. Mais... vous pourriez conseiller un truc à Danny? Je veux lui offrir un cadeau.

– Ah oui? a dit Logan d'un air soupçonneux. Que dirais-tu de ça?

Elle a ouvert la vitrine fermée à clé.

– Scélérate, la première édition.

La BD a atterri sur le comptoir.

– Oooooh! a-t-on dit en chœur, en se penchant pour la voir de plus près.

– Elle vaut 500 beaux dollars, a-t-elle dit. Je pourrai la vendre si jamais je fais faillite. Mais il faudra d'abord me jeter dehors.

C'était la première fois que je voyais Logan ouvrir cette vitrine fermée à clé. Elle n'y conservait que les premières éditions qui avaient de la valeur.

J'ai sifflé d'admiration. Je possédais la réédition à 99 cents, mais ça, c'était l'originale.

– J'ai invité Fred Foldingue ici durant sa tournée des libraires.

Fred Foldingue était l'auteur de Scélérate et l'un de mes plus grands héros.

– On fera une grosse séance de dédicaces.

MES PRODUITS PRÉFÉRÉS DE SCÉLÉRATE

– Bon, la première édition est super, mais… je vais plutôt prendre ça, a dit Jasper en choisissant un paquet de gomme balloune de baseball.

– Quelle dépense! a raillé Logan, avant de replacer Scélérate dans la vitrine.

J'ai entendu un petit bruit sec quand elle a fermé le comptoir à clé.

– Merci pour le cadeau, ai-je dit à Jasper en lui donnant un coup de pied. C'est tout ce que je vaux?

– Non, a-t-il dit en jetant quelques pièces sur le comptoir. Donnez-moi aussi une boule de mammouth.

Il m'a lancé les deux friandises.

Logan a encaissé l'achat en ronchonnant :

– Heureusement que tous les clients ne sont pas aussi radins. Je serais ruinée en moins de deux.

Logan était aussi grincheuse que d'habitude, mais je savais qu'elle n'insultait que les gens qu'elle appréciait. C'était flatteur d'être traités comme des petits frères fatigants.

On est allés voir dans le bac de livres à un dollar pour y chercher d'anciens numéros du magazine

<u>Fluides</u>. La sonnette de la porte a tinté et j'ai entendu des bruits de pas. Jasper et moi, on discutait de l'histoire initiale de La bavure quand j'ai entendu une voix de fille.

— Salut, Logan. Est-ce que vous avez le dernier numéro de La fille de l'ombre?

J'ai relevé la tête. C'était Asia O'Neill!

— Salut, Asia. C'est là-bas, a dit Logan en lui indiquant la section FILLES D'ENFER.

Mon cerveau s'est embrumé. Asia O'Neill… dans un magasin de BD!

J'ai reposé le magazine dans le bac, en tournant le dos à Asia qui était à la caisse. Il était hors de question que je lui parle. J'ai poussé Jasper vers la sortie.

— Au revoir, les gars, nous a lancé Logan.

— Mmmphh, ai-je marmonné en relevant mon capuchon.

Une fois sur le trottoir, Jasper m'a demandé :

- Qu'est-ce que t'as?

Je n'avais jamais parlé à Jasper de mes sentiments pour Asia. Qui j'étais pour même penser à elle? Elle voulait sûrement un gars militant pour sauver la forêt tropicale, qui a un mur d'escalade chez lui et qui se rase.

GARÇON IDÉAL D'ASIA

Lunettes rondes métalliques

Collier écolo

Muscles

Mots en italien

FABRIZI

Je la trouvais déjà franchement pas mal, mais maintenant que je l'avais vue chez Planète BD...

Elle était carrément exceptionnelle.

Pendant qu'on marchait, j'ai quand même osé dire à Jasper :

– Tu dois reconnaître que de voir une fille aussi jolie dans un magasin de BD...

Et j'ai ponctué ma phrase d'un hochement de tête.

– Je sais, a dit Jasper d'une voix rauque. Si je rencontre un jour une femme qui connaît le serment de la Lanterne verte...

On s'est regardés et on a éclaté de rire.

* CHAPITRE TROIS *

Le lundi, j'appréhendais la fin des cours. La dernière cloche m'a surpris. Pour une fois, elle m'a paru sonner trop tôt.

La salle 312 était baptisée « le zoo », un dépotoir pour les pires cinglés, crétins et délinquants de l'ÉGF. En m'y rendant, je me suis rappelé les sarcasmes de Chantal, la bataille de nourriture, le raid sur les toilettes et le bureau d'Amundson.

Et après tout ça… j'étais <u>encore</u> sur la liste des nuls.

Personne n'était arrivé. Le zoo avait l'air d'une classe normale : globe terrestre, carte géographique déroulée, calendrier, taille-crayons et affiche avisant que LE CRIME NE PAIE PAS; UN DIPLÔME, OUI. J'ai remarqué une gomme à effacer déchirée en deux et un emballage de bonbon jetés dans l'égouttoir de la fontaine. Est-ce que c'était des taches de sang sur le bureau?

Derrière moi, la porte s'est ouverte. Une bande de gars a fait irruption, en parlant fort.

– ... de la viande à hamburger mélangée à du rat haché. On le sait...

Je connaissais cette voix. C'était Axl. Évidemment, il était en retenue... peut-être même à cause de la bataille de nourriture que j'avais déclenchée.

Mes mains ont commencé à devenir moites. Quand je me suis retourné, Axl est resté bouche bée.

– Ça alors... a-t-il commencé. C'est toi qui...

Ma gorge s'est serrée. Qu'est-ce que je pouvais dire? Axl était sans doute ici à cause de moi.

On s'est regardés fixement. Lui : bracelet clouté, cheveux blonds gras, retenus par un dourag, et veste de l'armée. Moi : t-shirt des Exterminateurs Pros, montre vidéo et chandail de grand-père.

RETENUE : À NE PAS PORTER

Un chandail tricoté par
grand-maman

Des pantoufles peluchevses

Une médaille
de maths

Cette pancarte

- Ce type me tape sur les nerfs, a déclaré Axl aux autres gars.

Boris Lutz et Spike Jinwoo ont hoché la tête. Ils appartenaient tous aux Crânes, la seule bande de voyous de l'ÉGF, les cerveaux de l'exposition de lingerie

sur la statue de l'école, et de la fausse alarme
d'incendie.

LES CRÂNES

Axl Ryan
Statut : Voyou de
l'école
Aime : Les élèves
aigrichons qui ont de
~gent pour leur dîner

Boris Lutz
Rang chez les Crânes :
N° 2
Passe-temps : Pêcher avec
une carabine à air
comprimé

Spike Jinwoo
Réputation : Brute
coréenne la plus
effrayante de l'école
Ambition : Incendier
une usine d'allumettes

    – C'est le copain du gars avec la cape, a raillé
Boris.

    Jasper. Il fallait que je défende mon ami :

    – Il ne la porte que pour certaines occasions.

    – Vous êtes tous <u>les deux</u> des nuls, a dit Axl en se
penchant vers moi. Et tu sais ce qui arrive aux nuls?

    Une voix d'adulte l'a interrompu.

– Il y a de nouveaux visages aujourd'hui, a dit M. Gordimer en déposant une mallette pleine à craquer sur le bureau.

C'était lui le surveillant?

Mon cœur a fait un bond. Gordimer était le prof de menuiserie, au visage pâle et bouffi. Il pouvait nous apprendre à fabriquer une étagère à épices, mais était incapable d'exercer la moindre autorité sur une classe. Il s'est mis à lire :

– Danny Shine. Boris Lutz. Spike Jinwoo. Morris Ryan.

Seuls les adultes osaient appeler Axl par son vrai prénom, « Morris ». Tout élève qui aurait tenté de le faire aurait été sévèrement défiguré.

– Luke Strohmer. Bruce Pekarsky, a poursuivi Gordimer.

Ceux-là étaient des fauteurs de troubles, des gars que je connaissais surtout de loin.

– Voici les feuilles d'exercices, a dit Gordimer en montrant une pile de feuilles. Faites-les passer.

Un avion en papier a volé dans les airs. Il m'était

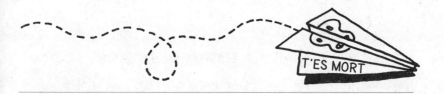

destiné. Gordimer a maugréé, puis il l'a retiré du
bureau.

   — Bel essai, Ryan.

   Je me suis laissé tomber sur une chaise et j'ai
regardé ma feuille d'exercices. Le sujet était « Les
États et leurs capitales ». Bon, ça ou autre chose.
J'ai sorti un crayon et j'ai commencé à placer
Harrisburg, Madison, Sacramento.

   Derrière moi, ça ricanait. On a entendu un bruit
de pet mécanique, provenant d'un coussin péteur. Sans
lever la tête, Gordimer a dit :

   — Continue, Ryan. Ça te mènera loin.

BAM. BAM. BAM.

Quelqu'un tapait sur son bureau avec une agrafeuse. Entre ça et le bruit de pet, on avait droit à une vraie symphonie.

MES EFFETS SONORES PRÉFÉRÉS

Gordimer n'a pas levé les yeux.

— Strohmer, ça suffit.

Quelque chose a frappé ma nuque. Je me suis dit « _Ne te retourne pas_ ».

Ouille! Quelque chose a frappé mon épaule.

C'était de plus en plus difficile – PIF! – d'ignorer les coups. J'ai tourné la tête lentement et BANG!... un coup direct. Les élèves ont acclamé Axl et sa bande qui lançaient des boulettes de papier mâché avec une sacrée précision.

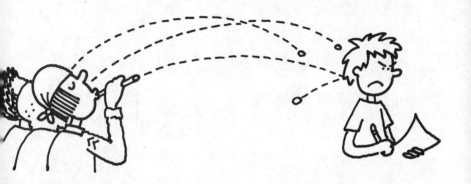

BING! Une boulette égarée a frappé l'oreille de Gordimer. Il l'a tapée comme il l'aurait fait si c'était un insecte.

   — Qu'est-ce que c'est que ce... a-t-il marmonné.

Quand un autre projectile – PAF! – l'a touché au front, il a fini par poser son livre.

   — Arrêtez ce chahut!

Quelque chose de bleu et vert a traversé le plancher. J'ai reconnu le globe terrestre qui passait par là. Luke l'avait soulevé de sa base et l'avait frappé comme un ballon de soccer. BANG! Il a atterri sur le bureau de Gordimer.

Le globe a rebondi sur le classeur et est reparti en décrivant une courbe, vers la tête de Gordimer. Ça l'a enragé.

— VOUS VOULEZ RESTER ICI TOUTE LA NUIT? a-t-il hurlé en se levant. Moi, je peux rester toute la nuit.

Et voilà que le foot-globe et la symphonie de pets se synchronisaient. Gordimer courait après le globe, essayant de l'attraper avant que quelqu'un d'autre ne le renvoie. Il a réussi à le coincer et l'a fourré sous son bureau.

Axl s'est penché sur mon bureau :

— Je voulais te demander un truc, le nul. C'est toi qui as commencé cette bataille de nourriture. Alors comment ça se fait que c'est moi qu'on a blâmé? Hein?

Il a secoué mon bureau. Je me suis penché en arrière pour lui montrer ma feuille d'exercices, au cas où il voudrait la copier. Mais Axl n'a pas mordu à l'hameçon.

— Et si je te raccompagnais chez toi tout à l'heure? a-t-il proposé.

Oh, zut. L'expression « te raccompagner chez toi » était un code pour « te tabasser jusqu'à ce que tu sois méconnaissable ».

RÉPONSES POSSIBLES :

- Désolé, mais j'ai un cours de karaté.
- Mon calendrier de bagarres est entièrement rempli.
- Pas besoin. Mon père vient me chercher avec sa voiture de police.

RÉPONSE RÉELLE :

— Je... heu... peux pas après l'école. Je suis occupé...

Axl a écarquillé les yeux :

— À faire QUOI? Magasiner pour un rouge à lèvres?

La cloche a sonné et je suis parti en courant.

— Attrapez-le! a crié Boris.

Je suis sorti de la retenue comme une fusée. Au grillage, près du terrain de soccer, je me suis penché pour reprendre mon souffle. Il n'y avait personne dans les parages, sauf quelques filles qui faisaient tourner des bâtons de majorette.

Ouf!

J'avais distancé Axl, ou alors il s'était arrêté pour tabasser quelqu'un d'autre. J'ai poussé un profond soupir de soulagement.

— Hé, le nul!

Axl et son équipe ont surgi de derrière un arbre. J'ai eu un coup au cœur.

Comment étaient-ils arrivés avant moi?

Zut.

Zut de zut.

— C'est l'heure de notre promenade, a dit Axl.

Il a jeté son sac à dos pendant et Boris m'a attrapé les bras par derrière. En enlevant sa veste de l'armée, Axl a frotté ses jointures. Mon cœur battait à tout rompre.

Je me suis dit : <u>Voilà ce que ça fait d'être tabassé.</u>

Axl a roulé ses manches de chemise, découvrant un bout de faux tatouage dessiné au feutre. Malgré mon effroi, l'artiste en moi était curieux. Est-ce qu'Axl l'avait dessiné lui-même? Je me suis étiré pour mieux voir.

– Je pourrais... heu... voir ton tatouage? ai-je dit.

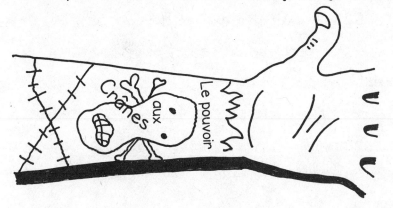

– Quoi? a dit Axl, l'air déstabilisé.

J'ai indiqué son bras avec mon menton.

– Oh, franchement.

Il s'est renfrogné, mais m'a laissé le regarder.

J'ai essayé de me défaire de la poigne de Boris.

— Qui l'a fait?

— Qu'est-ce qu'on en a à faire? a dit Axl avant de cracher par terre.

Il a replié son bras. Avant qu'il ne puisse me frapper, j'ai lâché :

— Tu sais, je pourrais t'en dessiner un cent fois plus beau.

— QUOI?

Sa voix avait l'air encore plus furieuse.

— Quelque chose de cool et d'unique, un truc, tu sais, digne des Crânes.

Je suppliais intérieurement : Baisse ton bras.

Silence.

— C'est vrai? a fait Axl tout en regardant autour de lui.

— Il te fait marcher, a grommelé Boris. Allez, plante ce type, qu'on en finisse.

Axl a replié son bras et j'ai fermé les yeux. Quelques secondes plus tard, Axl ne m'avait toujours pas frappé et je les ai rouverts.

- Bon, a-t-il dit en se frottant le poing. Qu'est-ce que tu pourrais dessiner?

Mon estomac s'est retourné. Ça marchait pour de vrai?

- Je... vais... te montrer, ai-je dit en essayant de me dégager de la prise de Boris. Laisse-moi prendre mon sac.

J'ai sorti mon carnet de dessins et je lui ai montré mes plus grands succès.

- Et ce n'est pas tout. J'aime me spécialiser dans les trucs d'horreur, violents et sanglants.

- Ah ouais? a-t-il dit, l'air intéressé.

J'ai feuilleté mon carnet rapidement, à la recherche d'un dessin qui le ferait saliver.

Axl s'est léché les lèvres, s'imaginant sans doute le dessin illustré sur son biceps.

– C'est pas mal, a-t-il dit à Spike et Boris. Tu peux faire un crâne vraiment cool ou un cœur biscornu, transpercé d'un couteau?

Ouah!

– Sans problème, ai-je répondu.

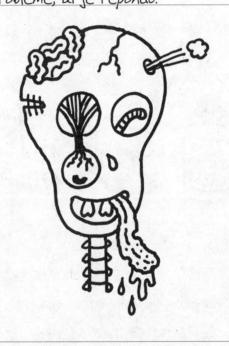

* CHAPITRE QUATRE *

Le lendemain, la retenue s'est super bien passée.

— Tu peux faire en sorte que les flammes aient l'air plus brûlantes? m'a demandé Axl alors que je travaillais sur son bras.

Spike, Luke et Bruce (« Brutal ») nous observaient d'un air très concentré. Les feuilles d'exercices intitulées CONNAIS-TU TES PRÉSIDENTS? attendaient sur nos bureaux, intactes.

La surveillante du jour était Mme Wagman, une prof d'anglais sympathique, qui portait de grosses lunettes. En dehors d'un « Surveillez votre langage » occasionnel, elle nous

laissait tranquilles. Tout le monde était absorbé à regarder le crâne en planche à roulettes prendre vie sur l'avant-bras d'Axl.

— Comment tu fais pour faire dégouliner le cerveau comme ça? a demandé Brutal.

— J'ajoute des lignes de mouvement.

Je leur ai montré comment dessiner des vers de terre et des crânes fêlés. Après que j'y ai apporté la touche finale, Axl a étendu son bras pour le montrer à tout le monde. Encore plus de oh! et de ah!

— C'est tellement dégoûtant, a dit Axl en pliant son bras. Merci, mon vieux.

— Tu fais des graffitis? a demandé Spike qui parlait pour la première fois.

— Sûr.

En réalité, je n'en faisais pas. Je travaillais au crayon, pas avec de la peinture en bombe.

— Je veux écrire « Le skate ou la mort » sur la demi-lune. Tu peux me montrer des lettres extrêmes?

Ils me traitaient en expert! J'ai donc pris une voix profonde pour répondre :

— Tu vois, Spike, je ferais sans doute quelque chose comme...

Je frimais parce que je savais que Spike ne pourrait pas me copier. Mais j'ai déchiré la page de mon carnet et je lui ai donnée.

— Cool. Merci, a-t-il dit.

Je leur ai montré comment dessiner d'autres trucs.

Zombies

Déchets

Explosions

Eux aussi m'ont montré leurs gribouillages.

— Pas mal, ai-je dit en voyant la bordure en

barbelés de Bruce.

J'ai montré à Luke où son couteau ensanglanté avait besoin d'ombrage. J'ai dessiné des marques de puanteur sur l'extraterrestre vomisseur de Spike. Et bien sûr, j'ai eu d'autres commandes de tatouages.

– Une moto en flammes!

– Un robot gangster!

– Un monstre baveux!

Quand la cloche a sonné, personne n'a bougé. Je terminais un serpent sur le bras de Brutal pendant que mon public m'observait, fasciné.

Finalement, Wagman nous a mis dehors.

– C'était bien de vous voir tous aussi absorbés à faire vos feuilles d'exercices, a-t-elle dit.

Une fois dans le corridor, Axl m'a tapé sur l'épaule amicalement et m'a lancé :

– T'es un bon gars.

Ouille... ça m'a fait mal.

– Je suis content...

Tout à coup, j'étais devenu son grand copain, puisqu'il a continué :

– Non, vraiment. Normalement, j'aime pas les...

Il a cherché le mot juste :

– ...pauvres types. Mais tu m'as rendu un service et ça, je l'oublie pas.

– Ah bon...

C'était toujours mieux que d'être tabassé.

– Alors, tu prépares quoi?

Écrire sur le mur des toilettes des filles n'avait pas l'air assez violent. J'ai répondu :

– Euh... facturer, euh, fracturer un coffre-fort... Qu'est-ce que tu dirais de...?

Je me suis tu en me rappelant la bataille de nourriture.

— Écoute, a dit Axl, j'aime rendre la pareille. Qu'est-ce que je peux faire pour toi? Emballer une maison avec du papier hygiénique? Faire des canulars au téléphone? Piquer quelque chose?

Hum. La veille, je ne valais pas deux sous et voilà qu'il mourait d'envie de me rendre un service.

— T'as quelqu'un à menacer? Claques, soulève-jupe, remonte-slip à la mexicaine?

On aurait dit un serveur en train d'énumérer les spécialités du jour. Et soudain, ça a fait tilt.

— Tu sais quoi? ai-je dit. En fait, il y a bien quelque chose...

C'était agréable de voir Axl en train de se faufiler dans les toilettes des filles. Finalement, le travail allait être effectué par un pro.

Boris montait la garde, comme un videur de discothèque mort d'ennui, tandis que je restais dans les parages. C'était la pause entre les cours et Axl s'était barricadé dans les toilettes. Des filles en colère s'agglutinaient derrière la porte et tambourinaient.

Axl a sorti la tête :

— Danny, où est la liste?

— Dans la dernière cabine, ai-je murmuré.

Il a disparu à l'intérieur.

— Qu'est-ce qu'il fabrique? a hurlé une fille. Ça presse!

— Je vais chercher le directeur, a crié une autre.

Oh, zut.

Axl est réapparu, en me faisant signe d'entrer. J'ai hésité. Est-ce que je risquais de me faire prendre? Il m'a entraîné à l'intérieur en me tirant par mon chandail.

— Montre-moi, a-t-il dit. Vite.

J'ai fermé la porte et l'ai conduit à la cabine.

— La voilà, ai-je dit en pointant la liste. À côté de « Corbin est un pauvre type. ».

Il a lu la liste, écœuré :

— Fogerty devrait être classé, disons, deuxième ou

troisième.

Bravo pour la solidarité masculine.

– Enlève juste mon nom, ai-je dit, et celui de
Jasper.

– D'accord.

Je suis allé tenir la porte fermée pendant qu'on
cognait dessus. Axl est sorti de la cabine pour prendre
un sac en papier contenant un objet en métal. Il est
retourné à l'intérieur de la cabine. J'ai entendu un
bruit de grattement vigoureux, puis… Baoum. Est-ce qu'il
enlevait aussi la plomberie?

– C'est fait, a-t-il annoncé.

J'ai jeté un coup d'œil dans la cabine. Mon nom
avait disparu et un morceau de mur aussi. Un tas de
débris gisait sur le sol. J'étais stupéfait. J'avais supposé

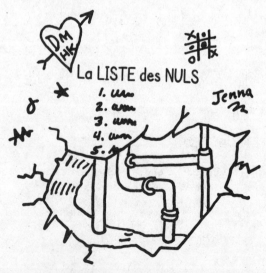

qu'il rayerait mon nom avec un feutre.

– C'est bon, hein? m'a-t-il dit en levant une barre
à clous.

– T'avais pas besoin de..., ai-je commencé.

Mais je me suis ravisé :

– Ça fait rien.

Si Amundson pensait que j'avais dégradé la
propriété de l'école avant, qu'est-ce qu'il dirait
maintenant qu'on avait détruit un mur? J'ai jeté le tas
de débris dans une poubelle. Puis j'ai entendu la voix de
Chantal à l'extérieur.

– Celui qui est là-dedans va se faire battre
grave...

– On y va, ai-je supplié.

– Ouais, a dit Axl. File-moi un crayon. Je veux
ajouter quelque chose.

Même lui avait envie d'être bien vu.

En cherchant alentour quelque chose pour me couvrir le visage, j'ai aperçu le sac en papier d'Axl. Parfait. Je l'ai posé sur ma tête, je me suis caché derrière la porte, puis je l'ai ouverte.

Des filles ont envahi les toilettes, en hurlant comme un essaim en colère. Avant que j'aie pu m'échapper, une d'elles a enlevé le sac de ma tête.

— Danny!

C'était Chantal.

— Vire tes fesses d'ici!

— Je...

— Et d'abord, qu'est-ce que tu fais...? La liste des nuls!

— Elle a disparu, a dit Axl. Je l'ai amochée.

Chantal s'est retournée et a vu Axl.

— Quoi? Vous vous connaissez? a-t-elle demandé.

Chantal avait l'air surpris. Axl et elle étaient des ennemis notoires.

— Ouais, a répondu Axl en essuyant sa barre à clous. Une partie de la liste est encore là, mais pas le nom de Danny, par exemple.

Les deux provoquaient un attroupement, prêt pour la bataille des brutes.

– Alors, j'aurai juste à la réécrire, a dit Chantal en avançant le menton. Et à y ajouter ton nom.

– Non, tu ne feras pas ça, a dit Axl en s'épongeant le front. Parce que s'il y a une autre liste avec le nom de Danny écrit dessus...

Je me suis avancé et j'ai chuchoté à son oreille.

– ... ou celui de Jasper, a-t-il ajouté, t'auras affaire à moi.

Chantal a ricané.

– ET ALORS? Tu me fais pas peur!

Axl a pris son expression de « si t'étais pas une fille, je t'aurais démolie ».

– Ne me mets pas au défi, Chantal, a-t-il dit d'un air sombre. Ou cette mangeoire d'oiseaux en carton de lait que t'as fabriquée est fichue.

Le visage de Chantal a pâli.

— T'as pas accès à la vitrine, a-t-elle soufflé.

Tout le monde savait à quel point Chantal était fière de son projet écolo exposé dans la vitrine, à l'extérieur du bureau du directeur.

— Ah ouais? a dit Axl avec un sourire. Tu veux parier?

Elle a plissé les yeux et ravalé sa salive :

— T'es qu'un pauvre type.

— Ooooh.

Les élèves se sont tournés vers Axl. Maintenant que je n'étais plus la cible, je pouvais profiter du spectacle... enfin, un peu.

— Je t'aurai prévenue, a dit Axl avec un haussement d'épaules.

Boris s'est approché de nous et a fixé Chantal de

72

ses yeux plissés.

— T'as un problème? a-t-il demandé à Axl.

— Nooon, a répondu Axl. On y va.

Pendant que tous les trois, on traversait le corridor en hâte, j'ai marmonné des paroles reconnaissantes.

Mon nom n'était plus sur la liste… du moins pour l'instant. Chantal me laisserait tranquille. Je me suis redressé et j'ai rejeté mes épaules en arrière. Connaître des gros durs, c'était comme qui dirait… utile.

— T'inquiète pas, y'aura pas d'autre liste. On va s'occuper de Chantal, a dit Axl, en se cognant les poings avec Spike et Boris.

J'ai eu un rire gêné et je me suis demandé ce que ça voulait dire « s'occuper de ».

* CHAPITRE CINQ *

Le lendemain, je marchais dans le corridor et je me sentais plus léger. Mes deux plus gros problèmes – Axl et Chantal – se haïssaient plus l'un l'autre qu'ils ne me haïssaient moi. Dans la foule, j'ai repéré le dourag bleu d'Axl et je me suis demandé s'il en avait un pour chaque occasion spéciale.

J'ai filé droit sur lui pour lui demander s'il avait eu des problèmes à cause du vandalisme dans les toilettes. Secrètement, nos activités interdites me plaisaient.

Pourquoi je devais être monsieur Qui-ne-fait-jamais-rien-de-pas-correct? Il était peut-être temps pour moi de vivre plus dangereusement.

Axl était adossé à un casier, en train de taper son poing contre celui de quelqu'un. Je me suis approché pour voir qui c'était.

Asia!

BAM

Axl et Asia ensemble... je n'arrivais pas à le croire. Axl était son genre? En voyant Asia lui chuchoter à l'oreille, j'ai eu un coup au cœur. Ça a modifié l'image que j'avais d'elle : elle faisait peut-être partie de ces filles qui portent du maquillage en éducation physique et traînent dans le stationnement après l'école.

Tout en sortant ma chemise de mon pantalon, je me suis juré d'être plus dur à l'avenir.

LISTE DE CONTRÔLE D'UN
« MAUVAIS GARÇON »

Je suis arrivé à leur hauteur juste au moment où ils se quittaient.

– Salut! ai-je lancé à Asia alors qu'elle se tournait pour rejoindre les élèves.

J'ai dû la suivre des yeux puisque Axl m'a donné un coup de coude.

– Hé, arrête de baver.

J'ai senti mon visage rougir. Chantal nous avait repérés de l'autre côté du corridor :

– J'espère que vous profitez bien de la retenue!

En réalité, la retenue était le temps fort de ma journée. La compagnie de Jasper me manquait, mais j'aimais jouer au génie artistique et aider les gars à dessiner des affaires comme Pouliot le pourri ou un squelette sur une moto. Et bien sûr, je dessinais d'autres tatouages démoniaques au feutre.

J'ai aussi eu des commandes bizarres. Boris a trouvé que la fille sur l'affiche des gestes anti-étouffement avait besoin d'une moustache. Sur la bande de son tatouage en forme de cœur, Luke voulait que j'écrive « Luke et Fiona » au lieu de « Luke et Amber ». Brutal m'a demandé d'écrire un mot d'excuse.

– J'en ai commencé un, a-t-il dit, mais mon écriture est nulle.

VEUILLEZ EXCUSER BRUCE POUR SON

ABSENCE MARDI. IL ÉTAIT À LA MAISON
AVEC LA GRIPE, PAS À LA ZONE.
   BIEN CORDIALMENT,
   MME PEKARSKY

J'ai corrigé ses fautes d'orthographe et je lui ai
rendu le mot.

— Enlève l'allusion à la Zone, lui ai-je conseillé.

Brutal a plissé les yeux.

— Oh, d'accord.

En fait, la retenue était devenue si étrangement
agréable que j'ai essayé de convaincre Jasper d'y
venir aussi.

— C'est plutôt malade, ai-je dit. Tu ne pourrais pas
commettre un cybercrime par exemple? Pirater le site
Internet des profs? Ça te causerait des ennuis.

Il était venu chez moi après mon retour. Comme
d'habitude, il était collé à un jeu vidéo.

— Quoi? a-t-il dit en vaporisant un ennemi. T'as dit
que c'était ton arrêt de mort.

— Ouais, mais c'est mieux maintenant.

Jasper est resté silencieux un moment.

- Ça te plaît juste parce que ces types te demandent de dessiner des crânes sur leurs bras. Mais moi, qu'est-ce que je ferais?

- Tu leur montrerais des expériences scientifiques, ai-je suggéré. Ils aiment faire exploser des affaires.

- Non merci.

- Mais...

- Danny, c'est une bande de voyous, a insisté Jasper. Pourquoi tu traînes avec eux?

Sa question est restée en suspens pendant un moment, puis j'ai répondu :

– Je ne traîne pas avec eux.

Mais la vérité, c'est que la retenue allait me manquer une fois terminée. Être en compagnie des Crânes, c'était comme étudier une autre espèce. Leur cerveau fonctionnait d'une manière étrange et surprenante. Comment ce serait de ne faire que ce qu'on a envie de faire, sans se soucier des profs, des parents ou des ennuis qu'on pourrait s'attirer?

Et maintenant il y avait – difficile de l'admettre – le facteur Asia.

Depuis que je l'avais vue cogner son poing contre celui d'Axl, je n'avais pas arrêté de rejouer la scène dans ma tête. Si Asia aimait les durs, ça ne me nuirait pas d'avoir les Crânes de mon côté. Mais je n'allais pas dire ça à Jasper.

– Ils me font rigoler, ai-je dit en haussant les épaules. C'est tout.

Et j'ai pris soin de ne pas mentionner mon prochain « job » de dessin.

Axl m'avait demandé de dessiner sur le « mur de la renommée », devant le gymnase remis à neuf. Récemment repeint d'un blanc neige immaculé, le mur était réservé à l'affichage de coupures de journaux, relatant l'envol vers la victoire des Marmottes Batailleuses. Jusqu'à présent, cette année, on n'avait rien gagné qui méritait de s'en vanter.

Les explorateurs voient une montagne et ils veulent l'escalader. Axl voit un mur et il veut le dégrader. Pendant qu'on sortait de la retenue, il a décrit le graffiti tel qu'il se l'imaginait :

– « Les Crânes font la loi » en lettres terrifiantes. Comme si elles sortaient d'un film d'horreur.

— Pas dans la section des récompenses, ai-je dit rapidement. C'est trop neuf.

Il y avait quelque chose dans l'espoir muet représenté par ce mur qui me touchait.

— Au contraire, justement là, a-t-il insisté. C'est parfait.

Avant que j'aie pu refuser, il a sorti une pochette d'allumettes.

— Je veux des lettres comme ça.

Le lettrage était effectivement génial, mais j'ai tenu bon.

— Non, Axl. Désolé. Fais-le toi-même si t'en as tellement envie.

BBQ hyper épicé

« Tout est dans la sauce »

J'ai ramassé mon sac à dos, en espérant que l'histoire se terminerait là.

Les sourcils d'Axl se sont rapprochés.

— Le faire moi-même?

L'idée de dessiner ses propres graffitis lui a paru

folle.

— Ça sera pourri.

J'ai haussé les épaules.

— Allez, aide-moi, a-t-il poursuivi en me suppliant presque. Si tu le fais, je pourrai...

J'ai vu qu'il essayait de penser à quelque chose.

— Je sais, a-t-il repris d'une voix basse et chantante. Je glisserai un mot à Asia en ta faveur.

En entendant son nom, j'ai senti des papillons dans ma poitrine. Juste un petit peu.

Non, non et non.

Il a remarqué qu'il avait fait mouche.

— Allez. La prochaine fois que je la verrai, je lui dirai que t'es cool. Qu'elle devrait apprendre à te connaître.

Ah oui?

J'ai senti mon cerveau inondé de réactions chimiques. Ce n'est pas le bon moment pour penser au parfum des cheveux de cette fille...

J'ai fourré la pochette d'allumettes dans ma poche et je suis parti.

— Demain matin, m'a crié Axl. On se retrouve ici. À 7 h 30.

En revenant chez moi, je me suis traité de tous les noms. Pourquoi j'avais accepté de dessiner sur la propriété de l'école? À quoi je pensais? Je ne voulais pas abîmer l'espace neuf. Axl savait comment s'y prendre pour amener les gens à faire des trucs. Et cette fois-ci, il n'avait même pas menacé de me frapper.

J'ai mal dormi parce que je ne cessais de penser à ce que j'avais accepté de faire. Le lendemain matin, je suis arrivé tôt à l'école, mais Axl était introuvable.

Je suis allé près du gymnase pour regarder le mur. D'un blanc aveuglant. Il implorait des graffitis.

Autant en finir tout de suite. J'ai d'abord regardé de chaque côté du corridor... vide. J'ai saisi mon méga feutre, à la manière d'une grenade. J'ai ôté le capuchon avec mes dents, comme une goupille, et j'ai commencé à dessiner.

LES CRÂNES FONT LA LOI

— Danny?

J'ai sursauté. Quand je me suis retourné, j'ai vu Jasper debout à côté de moi avec son sac à dos. Depuis quand il rôdait autour du gymnase avant que l'école ait commencé? J'ai eu un coup au cœur.

— Ouf, ai-je dit en m'épongeant le front. Tu m'as fait _peur_.

- L'entraîneur Kilshaw voulait que je vérifie son ordinateur. C'est quoi ça? a-t-il demandé après avoir fixé mon dessin.

- Rien d'important, ai-je dit d'un air gêné. Un service pour Axl.

Le visage de Jasper s'est transformé.

- Axl?!

J'ai essayé le coup de la compassion.

- C'est stupide... je sais. Je me suis laissé entraîner là-dedans. J'aurais dû...

Je n'ai même pas pu terminer ma phrase.

Silence.

Puis Jasper a secoué la tête.

- Ce n'est pas dans ton genre de faire des choses comme ça. Qu'est-ce qui t'arrive?

- Oh, ça va, ai-je dit en levant les yeux au ciel. C'est rien qu'un malheureux dessin.

- Ces gars se servent de toi, a-t-il dit d'un ton franchement furieux. Tu ne vois pas ce qui se passe?

- Jasper, ai-je dit d'une voix tremblante. Je lui ai rendu un service. Ce n'est pas grave. Et maintenant, laisse-moi tranquille.

– Je ne te reconnais plus, a dit Jasper. Ce sera quoi la prochaine fois? Mettre le feu à un casier?

Si ça, ce n'était pas de l'exagération! Et pourtant, ses paroles m'ont achevé.

– Jasper, tu te trompes complètement...

On a entendu des pas et on s'est tus. Axl est apparu. Il était essoufflé.

Il ne pouvait pas tomber plus mal.

– C'est malade! s'est-il exclamé en regardant les graffitis. T'as bien rendu ça. On dirait que t'es déjà un Crâne. Au fait, tu pourrais me rendre mes allumettes?

À ce moment précis, j'étais incapable de regarder Jasper.

– Ne viens pas chez moi cette fin de semaine, a dit mon ami avant de s'éloigner.

Axl m'a tapé dans le dos :

– Super! Comme ça, tu pourras traîner avec nous.

* CHAPITRE SIX *

– Qu'est-ce que vous voulez faire?

– J'sais pas. Qu'est-ce que vous voulez faire?

C'était la conversation la plus vieille du monde, mais un samedi après-midi, c'était nouveau pour moi... J'étais avec Axl, Boris et Spike. Comme je me retrouvais tout seul cette fin de semaine suite à ma chicane avec Jasper, Axl avait réussi à me convaincre de me joindre à eux. Je savais que je le regretterais, mais la solitude associée à la curiosité avait eu raison de moi.

Tous les quatre, on était installés dans la chambre d'Axl. Des rappeurs intimidants et des dieux de la guitare à cheveux longs me regardaient du haut de leurs affiches. Et à la place des livres, les étagères étaient remplies de... chaussures de sport.

Des rangées et des rangées de chaussures de sport, de différents tissus, couleurs et formes, avec

des lanières, des piqûres et des logos.

— Tu savais pas que j'étais à ce point fana de chaussures de sport, hein? a-t-il dit en rigolant.

— Pas vraiment.

— T'as vu ces souliers Terminator rétro?

Est-ce que je les avais vus? Pour moi, toutes les chaussures de sport se ressemblaient.

— Je ne savais pas que tu faisais... heu... du sport. Tu les portes toutes?

Axl a reniflé :

— C'est pas pour les porter.

— Il les collectionne, a dit Boris.

Axl a enfilé un gant fin, comme s'il manipulait de la porcelaine de Chine rare. Il a pris une chaussure montante.

— Tu vois ça? C'est un motif gravé au laser. Ça ne se vend qu'en Asie.

Il s'est approché d'une autre chaussure.

— Panneau pailleté sur la semelle secondaire.

J'ai pris conscience qu'Axl était un mordu. Aussi obsédé par le détail qu'un fan de Donjons et Dragons. Cette particularité l'a rendu encore plus sympathique à mes yeux.

— Si tu pouvais avoir n'importe quelles chaussures que tu voulais... ai-je commencé.

— Des Air Force One, blanc sur blanc, en peau d'anaconda, a-t-il répondu spontanément. Cachalot en porte.

Il a désigné l'affiche d'un rappeur excessivement gros, qui portait deux montres en or à un poignet.

Il a pris une autre chaussure.

— Tu veux la toucher?

J'ai tendu le bras, mais il a reculé la chaussure.

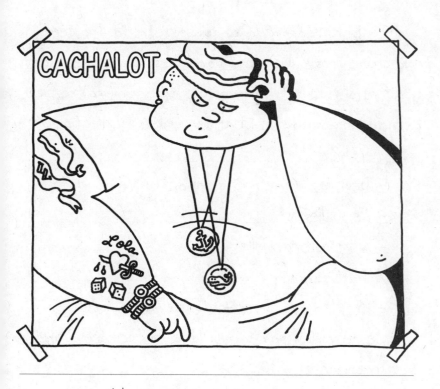

- Faut d'abord que tu te laves les mains, a-t-il dit en m'indiquant la salle de bains.

Quand je suis revenu, il m'a tendu la chaussure.

- La NBA n'a pas autorisé la version originale de cette chaussure. Elle violait les règlements sur l'uniforme. Michael Jordan devait payer une amende de 5000 dollars à chaque fois qu'il les portait.

- Ouah!

- C'est la vérité, a dit Axl.

Je lui ai redonné la chaussure et il l'a frottée avec une brosse à dents. Quand il est parti chercher d'autre détachant, j'ai regardé Boris qui fixait le mur d'un air maussade. Je lui ai demandé s'il collectionnait quelque chose.

— Des plaques de rue, a-t-il dit.

— Lesquelles?

— N'importe lesquelles.

Axl est revenu.

— Bon, les gars... qu'est-ce qu'on fait aujourd'hui?

Je ne voulais pas donner la première idée. Spike s'est redressé et a dit :

— On explose des pétards.

— On tue des serpents au pistolet à fléchettes, a suggéré Boris.

— On crache sur les gens du haut d'un viaduc, a proposé Axl. On démolit des vélos. Tout ça, c'est du déjà fait, déjà vu. On devrait faire quelque chose de différent aujourd'hui.

Il s'est tourné vers moi :

– Danny... qu'est-ce que tu fais toi pour t'amuser?

– Ben, heu, ça dépend...

Quand on est ensemble, Jasper et moi, on discute surtout, mais ce n'était pas une activité assez masculine. J'ai réfléchi à ce que je pourrais dire.

En repensant au canapé plein de bosses de Jasper, j'ai eu une pointe de nostalgie, mais je me suis tout de suite repris.

– Je vais au cinéma, j'achète des BD, ai-je dit. Des trucs dans ce genre.

– Des BD, hein? Où ça?

– Chez Planète BD, ai-je dit. Au centre-ville, à côté de Juste des t-shirts. La propriétaire et moi, on est des amis.

Une certaine fierté s'est glissée dans ma voix quand j'ai mentionné Logan.

– T'es ami avec la proprio? a demandé Axl, impressionné. Vraiment?

– Certain.

Pour autant qu'un gamin de douze ans puisse être ami avec une femme de quarante ans coincée, obsédée par les BD.

– On y va, a ordonné Axl. J'ai besoin d'air.

– On pourrait aller à La Zone, a proposé Spike.

– Non, a répondu Axl. On va au magasin de BD.

Je regrettais d'en avoir parlé. Et si on tombait sur Jasper? Vu les étagères d'Axl, la lecture ne devait pas être son fort. Enfin, s'il voulait voir des BD et des romans graphiques, je ne pouvais pas l'en empêcher.

Et d'ailleurs, une fois qu'Axl avait pris une décision, il n'en démordait pas.

En chemin, Axl a pointé du doigt certains lieux d'intérêt.

– C'est ici que j'ai tabassé Skippy Lipowicz.

Quand on est passés devant l'aréna de hockey, il a dit :

– Jonah Stuhl a défoncé son vélo ici.

Il m'a montré une intersection où il avait assisté un jour à un carambolage entre trois autos, et il a indiqué des graffitis qu'il admirait.

Pendant plusieurs pâtés de maisons, il y a eu un long moment de silence. J'imagine que personne n'avait été tabassé sur cette rue. Combien de temps faudra-t-il attendre avant qu'ils montrent aux gens où moi j'ai été démoli?

Allée des PINS

Rue des OISEAUX

RIP

DANNY SHINE

J'ai essayé à mon tour de faire la conversation.

— Vous faites quoi cet été, les gars?

— Cours d'été, a répondu Axl, mort de rire.

Ça alors… il le savait déjà

TROIS SIGNES PRINCIPAUX INDIQUANT QUE TU VAS AUX COURS D'ÉTÉ

1. Tu as raté ton dîner.

2. Personne ne t'achète une passe de saison pour la plage.

3. Le dernier jour d'école, Amundson te dit « À lundi ».

Axl m'a demandé quels étaient mes projets pour l'été.

— Un camp d'infographie, ai-je dit. Probablement.

— Je peux te demander quelque chose? a dit Axl en m'observant attentivement. Quand est-ce que tu es devenu un geek? T'es né comme ça?

Son ton n'était pas hostile, simplement curieux. J'ai

compris qu'Axl me trouvait aussi étonnant que je le trouvais, lui. Peut-être que tout ce qu'on se disait se résumait à une question fondamentale : Comment es-tu devenu si différent de moi?

— Je ne suis pas un geek.

Expliquer ça encore et encore, c'était une plaie.

Axl m'a donné un coup de coude :

— Tu sais ce que ça veut dire « http »?

— Ouais.

— Alors, t'es un geek.

On est finalement arrivés chez Planète BD. Spike a ouvert la porte et s'apprêtait à entrer, mais Axl m'a poussé devant lui.

— Danny en premier, a-t-il dit d'un ton sec.

Être un VIP avait ses avantages.

La première chose qui m'a toujours frappé chez Planète BD, c'est l'odeur, celle des vieilles

bandes dessinées, mélangée à celle d'un burrito aux haricots ou de tout autre mets à emporter que Logan ingurgitait. J'adorais cet endroit.

Comme d'habitude, Logan était postée à la caisse.

– Salut, a-t-elle dit en avançant sa main. Tope-là

– Salut, ai-je répondu en lui claquant dans la main.

Je me suis baissé pour caresser le chien de Logan, Général Zod, du nom d'un méchant de Superman. La bande à Axl a disparu au milieu des présentoirs de BD.

– Où est ton complice? a demandé Logan.

En pensant à Jasper, j'ai grimacé.

– Il n'est pas là

– Ah tiens! a dit Logan en rigolant. Qu'est-ce qui se passe? Je croyais que vos cerveaux étaient fusionnés.

– Je ne sais pas, ai-je répondu en continuant à fixer les yeux larmoyants de Zod.

GÉNÉRAL ZOD EN BREF :

Occupation : Chien

Habite : Sous « Pirates japonais A-F »

Taille : Énorme

    — Tu sais quoi? a dit
Logan, le visage illuminé. Tu te
souviens que j'essayais d'avoir
Fred Foldingue? Eh bien, il va
venir. Regarde l'affiche.

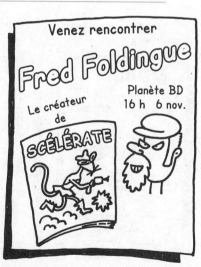

Venez rencontrer

Fred Foldingue

Le créateur
de

SCÉLÉRATE

Planète BD
16 h 6 nov.

Fred Foldingue... super! J'ai lu l'affiche avec excitation. Le vendredi, il venait chez Planète BD pour une rencontre d'auteur et une séance de dédicaces. Génial! Je me suis demandé si Jasper était au courant.

– Vous aurez beaucoup de monde, vous pensez?

– J'espère, a répondu Logan. Il n'y a pas beaucoup de temps pour l'annoncer. Les gens a qui j'en ai parlé sont plutôt enthousiastes.

Étant une des rares femmes propriétaires d'un magasin de BD, Logan faisait beaucoup de promotion pour Scélérate et les autres héroïnes de BD.

Mais c'était tout ce qu'elle avait de féminin. Quand des gars lui parlaient mal, elle adorait les

choquer en débitant des détails sur le labo du Dr Vilain ou en révélant le nom original de Magneto. Elle en savait plus sur les BD que n'importe quels gars ou fille.

Où étaient Axl et sa bande? J'ai étiré le cou et les ai repérés en train de regarder un calendrier de Super Vixen.

– T'as de nouveaux copains? a demandé Logan à voix basse.

– Bof, ai-je dit d'un ton qui se voulait dédaigneux. C'est juste des gars… que je connais.

– Ils n'ont pas l'air dans ton genre.

J'ai haussé les épaules.

– Ils sont corrects.

– Hé! a-t-elle repris en me tirant par la manche. Tu veux voir ce que j'ai acheté au Salon international de la BD? C'est dans l'arrière-boutique.

L'arrière-boutique!

C'était comme si j'entrais dans l'avion présidentiel ou en coulisses au Madison Square Garden. On disait qu'il y avait une copie rare de Vampira la chauve-souris n° 1 et un donjon secret pour ceux qui confondaient *La guerre des étoiles* et *La porte des étoiles.*

Je l'ai suivie dans une caverne où une pancarte disait PROPRIÉTÉ PRIVÉE! AUCUNE EXCEPTION! J'ai failli trébucher sur un fauteuil poire, à côté d'une vieille machine de Super Mario. Un carton de pizza posé sur des boîtes de café faisait office de table.

Des piles de BD invendues débordaient de sacs à ordures.

– On dirait que Vomitron n'a jamais décollé, ai-je dit en regardant dans un sac.

– Je ne suis même pas capable de les donner, a soupiré Logan. Mais regarde ce butin.

D'un sac de Flash Gordon, elle a sorti une figurine de belette à deux têtes branlantes et a ajouté :

– Regarde... un grille-pain qui imprime une silhouette de Batman sur ton pain.

– Ça alors!

J'avais très hâte de le dire à Jasper... jusqu'à ce que je me souvienne pour la centième fois qu'on ne se parlait plus.

Quand Logan et moi on est retournés à l'avant du magasin, les gars étaient en train de regarder des cartes de baseball.

– On s'en va, a annoncé Axl.

Il avait le ton de quelqu'un qui s'ennuie. Je m'apprêtais à dire à la bande d'aller à La Zone sans moi. Mais avant que j'aie pu parler, Axl m'a empoigné par l'épaule et m'a poussé dehors. Comme on sortait,

Logan m'a tendu un prospectus sur la lecture de Fred Foldingue.

— Tu vas venir, a-t-elle dit en me regardant avec insistance. Je compte sur toi, Danny.

En hochant la tête, j'ai fourré la feuille dans mon sac à dos.

Une fois dans la rue, Axl s'est retourné et a demandé :

— OK, les gars, qu'est-ce qu'on a?

Je me suis raidi. À quel moment avaient-ils acheté quelque chose? Axl a sorti une BD de dessous sa chemise et j'ai vu le logo de Scélérate.

Ma gorge s'est nouée.

— Est-ce que tu as... acheté ces trucs? ai-je soufflé.

Sa boucle d'oreille en diamant a brillé dans ma direction.

— Tu veux rire? a répondu Axl avec un sourire. Je déteste payer pour quoi que ce soit.

J'ai eu l'impression qu'on venait de m'assommer.

* CHAPITRE SEPT *

— T'es fou ou quoi? ai-je bredouillé.

Mon cœur battait tellement fort que je m'entendais à peine parler.

— Logan est mon amie!

Axl et Boris se sont tapé la main.

— Je sais, a dit Axl. C'était excellent. T'as discuté avec elle pendant si longtemps qu'on aurait pu vider tout le magasin.

Quoi?

— Axl, ai-je dit d'une voix sérieuse. Rapporte ça tout de suite. Ou je te jure que je le dirai à Logan moi-même.

Axl s'est arrêté devant un abribus vide et nous a fait signe de nous asseoir. Spike et Boris se sont affalés sur le banc, mais moi, j'ai secoué la tête.

— Danny, Danny, Danny. Tu diras rien à Logan. Tu sais ce qui arrive aux mouchards?

Spike et Boris se sont relevés d'un bond et m'ont encerclé. Axl m'a saisi par le col de ma veste et Boris a roulé ses manches. Spike m'a pris le coude et l'a tordu.

– Aïïïie.

J'ai eu l'impression qu'il m'arrachait le bras.

– Si tu crois que ça, ça fait mal, a rigolé Axl. C'est rien.

Des ondes de douleur intense me parcouraient le corps alors que Spike resserrait sa prise.

– Dis-lui ce qu'on a fait à Ethan Fogerty, a lancé Boris.

Axl et Boris ont ricané. J'imaginais très bien.

J'ai crié une autre fois et Axl a fait signe à

Spike d'arrêter.

Il m'a lâché et je suis tombé en arrière. La douleur irradiait encore dans mon bras. Est-ce qu'il m'avait cassé le coude?

– T'es des nôtres, a dit Axl. Alors, si t'en parles à quelqu'un, tu te dénonces toi-même.

– Comment ça?

Axl a secoué la tête.

– On a agi ensemble. Tu savais ce qui pourrait arriver si on venait avec toi.

– Non, je ne le savais pas!

– Ben, t'aurais dû, a dit Axl en levant les yeux au ciel. D'après toi, pourquoi j'étais là? Pour des cartes de baseball? Il faut que je me fasse de l'argent quand je peux. Une collection de chaussures de sport, ça coûte cher, tu sais.

Je voulais m'enfuir, mais il fallait que je rapporte la BD à Logan d'une manière ou d'une autre. Pour l'instant, il fallait que je fasse semblant de jouer le jeu… ou du moins, assurer à Axl que je n'irais pas dénoncer les Crânes.

Tout en me frottant le bras, j'ai respiré à fond et j'ai dit :

— Hé, désolé pour la crise. L'affaire Logan m'a surpris, c'est tout.

J'ai pris une seconde inspiration :

— Je dirai rien. Mais est-ce que je pourrais... voir Scélérate?

J'arriverais peut-être à convaincre Axl de me prêter la BD pour que je puisse la rapporter au magasin.

— D'accord, a dit Axl d'un ton soulagé. Je savais bien que t'étais pas si stupide que ça.

Il a fait signe à Boris de me la donner.

Oh là là!

C'était la première édition!

Je suis resté bouche bée.

— Elle était sous clé, alors je savais qu'elle avait de la valeur, a dit Axl.

Cinq cents piasses, selon Logan. Je pourrai la vendre si jamais je fais faillite, avait-elle dit.

Comment avaient-ils ouvert la vitrine fermée à clé?

Comme s'il avait lu dans mes pensées, Axl a ajouté :

— Cette serrure est une vraie farce. Tout ce que j'ai eu à faire, c'est la trifouiller avec ma carte d'étudiant.

Mon cerveau a essayé d'absorber tout ça. Voler une simple BD c'était une chose, voler la première édition était tout autre chose.

— Je peux voir les autres? ai-je demandé.

Boris m'a tendu deux BD ordinaires, qu'ils avaient prises sur un présentoir, rien de grande valeur.

D'un ton que je voulais désinvolte, j'ai demandé :

— Est-ce que vous allez essayer de revendre celle-là? Je connais des gars qui l'achèteraient. Si je l'amenais chez moi, je…

- Pas question, a chouiné Axl en m'arrachant la BD des mains.

- J'm'ennuie, a chialé Spike. Et maintenant, on peut aller à La Zone?

Pendant qu'on se dirigeait vers les arcades, Axl m'a tapé dans le dos :

- J'suis content que tu sois redevenu raisonnable, parce qu'avec ton image de geek et nos muscles, on pourrait aller loin.

- Peut-être, a dit Boris, l'air sceptique.

- C'est la couverture parfaite, a déclaré Axl. Il a le look d'un matheux que personne ne soupçonne.

Il s'est tourné vers moi :

– T'en fais pas, on te donnera ta part. On pourrait aller au Paradis des aubaines ou chez Max Musique, n'importe où.

Malgré tout le reste, le mot « matheux » m'a blessé.

– Et si tu fais tes preuves, tu pourrais… pas définitivement, mais y'a des chances… devenir un Crâne toi-même. Avec l'initiation par le sang, et tout.

– Moi… me joindre aux Crânes?

– C'est le rêve de tous les gars, a dit Axl avec un soupir. J'le sais.

Pendant un instant, j'ai essayé de m'imaginer en Crâne.

On est finalement arrivés à La Zone, des arcades au bruit assourdissant et bondées de jeunes. À la porte, j'ai tenté ma chance de nouveau.

    — Hé, Axl, ai-je dit d'un ton nonchalant. Je pourrai prendre Scélérate juste pour ce soir? Je l'ai jamais lue celle-ci.

    C'était un mensonge. J'avais lu la réédition des dizaines de fois.

    — Non, a répondu Axl avec un froncement de sourcils. Tu viens?

    C'était l'occasion pour moi de me débarrasser d'eux.

    — Non, je ... dois rentrer chez moi.

    — Super journée, a dit Axl en avançant son poing pour que je le tape.

<u>Super journée?</u>

Cette journée avait peut-être été la pire de toute ma vie, oui. Alors qu'Axl souriait, je me suis imaginé le visage de Logan en voyant la vitrine. Avait-elle remarqué la disparition de Scélérate?

Les voleurs à l'étalage
seront mangés tout crus

Elle devait sacrer comme une folle et regretter de nous avoir laissés entrer. Et aujourd'hui en plus, le jour où elle m'avait invité dans l'arrière-boutique, là où « personne n'a jamais le droit d'entrer... JAMAIS »! J'ai joué et rejoué ses paroles dans ma tête : « <u>Je compte</u> sur toi, Danny. »

J'ai cru que j'allais vomir.

* CHAPITRE HUIT *

Tout ce que j'avais à faire maintenant, c'était voler un article de valeur à une bande de voleurs professionnels.

Rien de moins.

Une fois que j'aurais récupéré la BD, j'irais au magasin et je la replacerais pendant que personne ne me regarderait. Comme ça, personne n'aurait d'ennuis. J'imaginais très bien ce que me feraient les Crânes si je les dénonçais.

J'ai décidé que le dîner était le moment idéal pour agir.

C'était là qu'Axl et sa bande harcelaient les élèves pour leur piquer leur argent du dîner. D'abord, ils posaient leurs sacs à dos, puis ils fonçaient vers la file en quête de victimes. Pendant qu'ils seraient occupés, je prendrais le sac d'Axl et je remplacerais la première édition de Scélérate par ma réédition à 99 cents. Après l'école, je rapporterais la vraie BD au magasin de Logan.

C'était bien d'avoir un plan.

Le lendemain, j'ai apporté la réédition à l'école. J'ai été nerveux toute la matinée. J'ai trébuché sur un bâton de hockey en cours d'éducation physique, j'ai raté un test de sciences humaines. Quand je suis arrivé à la cafétéria pour le dîner, mon cœur battait à tout rompre.

Au moins, j'avais quelque chose à faire. Ces derniers temps, le dîner n'avait rien de drôle sans Jasper. Je regrettais les jours où on passait l'heure à se demander quelle serait la pire façon de mourir.

Habituellement, on s'asseyait à la table des techno-geeks, mais depuis notre chicane, je ne m'y sentais pas le bienvenu. En parcourant la salle, j'ai remarqué une ouverture à la table des cruches de 6ᵉ année.

Parfait : personne ne m'adresserait la parole et je pourrais garder un œil sur les brutes.

CAFÉTÉRIA DE L'ÉGF

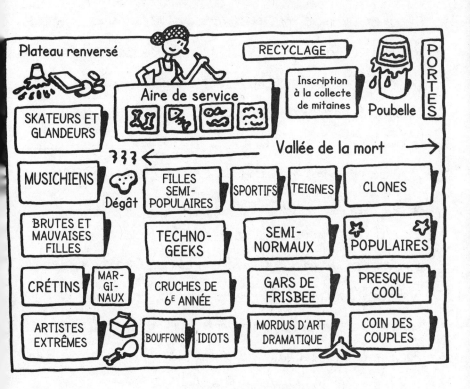

J'ai pris un vieux numéro de Planète Zorg et j'ai caché la réédition de Scélérate en dessous. Dès que le taxage pour l'argent du dîner commencerait, je passerais immédiatement à l'action. Comme de fait, la bande d'Axl a posé ses affaires en tas, à la table des brutes et mauvaises filles. Normalement, on n'a pas le droit de « réserver » une table, mais qui pouvait donner des ordres à Axl?

Les types se sont rués vers la file du dîner, comme un monstre à six pattes. Ils se sont mis en position dans la vallée de la mort, là où des élèves innocents devaient passer pour se rendre au comptoir du service.

Je retenais mon souffle en épiant chaque geste d'Axl.

Il s'est moqué d'un élève de 6e année et a fait trébucher un gars en pantalon chino. Impatient de voir de l'action, de la vraie, j'ai prié en silence pour qu'il trouve quelqu'un... n'importe qui! Finalement, Boris et lui ont coincé un gars qui portait une calculatrice à la hanche. Ils me tournaient le dos.

C'était maintenant ou jamais.

Comme un commando enragé de Delta Force, j'ai bondi sur le sac à dos d'Axl. J'ai fouillé rapidement dans son bazar, sans tenir compte de ceux qui me regardaient, assis aux tables alentour.

Pas de BD.

Est-ce que Boris ou Spike l'avaient? J'ai jeté un coup d'œil dans la taie d'oreiller sale que Boris trimbalait en guise de cartable.

119

J'ai ensuite vérifié le sac à cordon de Spike.

J'ai jeté un autre coup d'œil à Axl... Il bombardait

sa victime de croustilles, tandis que Boris tordait le

bras de l'élève.

Si seulement ils pouvaient le retenir juste une

seconde de plus...

J'ai replongé ma main dans le sac d'Axl et cette

fois-ci, j'ai senti les rabats sur les côtés. Tout excité,

j'en ai fouillé un... il était vide. Dans l'autre, il y avait

un sac de croustilles. En le remettant dans la poche,

j'ai senti quelque chose de dur et j'ai sorti Scélérate

nº 1.

Yahou!

J'ai poussé un soupir de soulagement, mais j'ai aussi insulté le sac de croustilles. C'était une première édition tout de même. Le gars pourrait faire preuve d'un peu de respect. Il nettoyait ses chaussures de sport avec une brosse à dents, mais il traitait une BD de valeur comme un déchet.

J'ai sorti la BD de son emballage et j'ai glissé la réédition à sa place. Je me suis éloigné de la table rapidement, en cherchant Axl des yeux.

Où est-ce qu'il était? La file du dîner, les tables, les poubelles? Non…

Il se dirigeait droit sur moi.

Est-ce qu'il m'avait vu voler Scélérate? Est-ce que je devrais faire comme si de rien n'était ou courir comme un dératé? L'air désinvolte, je lui ai tourné le dos, mais il a bondi devant moi.

— Qu'est-ce que tu faisais? m'a-t-il demandé en

pointant son sac à dos.

   — Je cherchais un stylo.

   J'ai tenté un sourire. Est-ce que je devrais partir en courant?

   Axl m'en a tendu un :

   — Tiens, j'en ai plein.

   Paradoxalement, sa réaction m'a peiné. Axl me faisait bel et bien confiance.

   — Merci!

   J'ai saisi le stylo et comme je me retournais pour me sauver, quelque chose est tombé de mon sac.

   — Attends! m'a crié Axl en se penchant. C'est à toi?

   Il m'a tendu une feuille jaune.

   — Garde-la! lui ai-je crié en courant vers la porte.

* CHAPITRE NEUF *

Dès la fin de l'école, j'ai filé chez Planète BD. La première édition de Scélérate était cachée dans mon sac. La grande question était de savoir si Logan s'était aperçue de la disparition de la BD.

Pour éviter de dénoncer quiconque, je remettrais la BD dans la vitrine. Quand Logan serait loin du comptoir, je trifouillerais la serrure avec ma carte d'étudiant, exactement comme Axl me l'avait expliqué. Pour faire ce qui était juste, il fallait que je devienne moi-même un voleur.

C'était pathétique.

En arrivant près du magasin, j'ai vu des choses

qu'on ne voit pas d'habitude chez Planète BD.

Que se passait-il?

Des voitures

Une foule

Des filles

En m'approchant, j'ai vu une affiche sur la vitrine. Mais oui! C'était le jour de la séance de dédicaces de Fred Foldingue! Je l'avais attendue avec impatience. Comment avais-je pu l'oublier?

Quelle poisse!

Maintenant, j'allais défoncer la serrure d'une

Venez rencontrer

Fred Foldingue

Le créateur de

SCÉLÉRATE

Planète BD
16 h 6 nov.

Toilettes réservées aux clients

OUI!
NOUS AVONS

LE POULET CYCLOPE

vitrine dans une pièce noire de monde. Fallait-il remettre ça au lendemain? Soudain, j'ai eu un flash : Logan ouvrirait sans doute la vitrine à la fin de la lecture pour que Fred Foldingue dédicace cette première édition de valeur.

Le temps était compté.

Il y avait aussi le risque de tomber sur Jasper. Ce serait terrible. S'il m'ignorait, je serais abattu. Et si on se parlait, comment je ferais pour lui expliquer ce que je faisais? Je me suis souvenu de notre dernière discussion, il m'avait dit « C'est comme si je te reconnaissais plus. »

Mon estomac s'est noué.

J'ai ouvert la porte sur le magasin bondé. Les gens étaient assis partout : sur des chaises pliantes, des catalogues de prix de BD, des boîtes de carton.

Tous les yeux étaient rivés sur l'homme aux cheveux gris, assis à la table métallique.

Fred Foldingue!

Il était plus vieux que je l'avais imaginé. Un peu comme un grand-père, mais avec une lueur de folie dans les yeux. Il caressait un grand perroquet vert vif, avec des taches de jaune et de rouge près du bec.

En regardant de l'autre côté de la pièce, mes yeux ont croisé ceux de Logan, ce que je redoutais le plus. Pendant un bref instant, son visage est resté sans

expression, puis elle a eu un grand sourire et m'a lancé :

— C'est génial, non? Tous ces gens!

Ouf.

Elle n'avait pas dû remarquer la disparition de la BD.

Je me suis frayé un chemin vers la vitrine fermée à clé, derrière le public et du côté opposé de la pièce par rapport à Fred Foldingue. Je voulais me mettre en position avant que la lecture commence.

— Excusez-moi, ai-je dit en passant devant une fille avec un t-shirt QUE FERAIT SCÉLÉRATE DANS CETTE SITUATION? Excusez.

— Fais attention, a lancé quelqu'un.

Finalement, je suis arrivé à la vitrine... pour découvrir qu'un gros type en chaussures de sport montantes noires y était assis. Je lui ai demandé :

— Est-ce que vous pourriez... heu... déplacer votre jambe?

Il a déplacé son énorme genou d'un centimètre.

— Un peu plus?

J'ai attendu. En râlant, il s'est déplacé de deux

centimètres de plus… assez pour que je voie à travers la vitre. Le comptoir avait l'air intact. J'ai vu un numéro de Scélérate, en partie recouvert par une autre BD.

En y regardant de plus près, on pouvait remarquer qu'il s'agissait d'une autre édition : Scélérate n° 7, Contes de la crypte. Comme tout bon voleur à l'étalage, Axl avait réarrangé la vitrine pour qu'elle paraisse identique. C'est pour ça que Logan n'avait rien remarqué.

Il fallait que je me rende derrière le comptoir. La vitrine fermée à clé ne pouvait s'ouvrir que par derrière. En passant, j'ai renversé une pile de cartes de baseball. Flaap! Elles se sont éparpillées à terre, ce qui m'a donné une excuse pour passer derrière le comptoir.

— Idiot! a grogné le gars en chaussures montantes.

Petit à petit, je suis arrivé où je voulais. La salle était encore bruyante, il fallait que je fasse vite...

— Puis-je avoir le silence, s'il vous plaît! a crié Logan.

On n'a plus rien entendu, sauf un croassement aigu de perroquet. Et maintenant, on remarquerait encore plus le moindre bruit.

Logan était debout devant tout le monde :

— Membre de l'âge d'or de la BD, créateur de Scélérate, de Terriblo et de Dédé le chien. Un artiste brillant, déformateur des jeunes cerveaux et personnage réellement tordu. Cet homme est le vrai, l'authentique. Veuillez applaudir chaleureusement... Freeeeeeed Foldingue!

J'ai essayé d'ouvrir la serrure de la vitrine... elle était fermée. J'ai pris ma carte d'étudiant.

Les gens ont acclamé Fred qui les saluait de la main.

– Merci, Logan. Jennie et moi, on est contents d'être d'ici.

Fred a pointé du doigt l'oiseau perché sur son épaule. D'autres acclamations, puis la pièce est redevenue silencieuse.

J'ai inséré la carte dans la serrure.

– Qu'est-ce que tu fabriques? m'a demandé une fille penchée par-dessus le comptoir.

J'ai relevé la tête, pris de panique.

– Je ramasse les cartes de baseball, ai-je murmuré.

- T'en as oublié une, m'a-t-elle dit en la montrant du doigt.

- Ah oui, merci, ai-je répondu avec un sourire hypocrite.

La fille s'est retournée.

- Je vais lire un extrait du n° 178, a dit Fred. Scélérate : Les rongeurs d'acier. Dans cette histoire, Sarah Bellum lance un astéroïde en direction de la Terre...

MES SUPER VILAINS PRÉFÉRÉS DANS SCÉLÉRATE :

L'exterminateur   Sarah Bellum   Le ver humain

J'ai fait glisser ma carte en va-et-vient pour essayer de débloquer le loquet de la serrure.

« Dans son centre de commandement secret, au sommet de la montagne Ashiyagi... »

Va-et-vient. Va-et-vient...

« Sarah Bellum se tenait devant un scanneur d'ondes cérébrales... »

Va-et-vient. Va-et-vient...

« Les jours de Scélérate sont comptés, dit-elle. »

Va-et-vient. Est-ce que j'ai senti quelque chose?

« Par le contrôle de la pensée, je pourrai... »

OUAIIIS! La serrure a cédé! J'ai ouvert la vitrine...

« ... effacer sa personnalité... »

Maintenant, tout ce que j'avais à faire, c'était glisser la BD, refermer la vitrine, sortir discrètement et...

– T'as besoin d'aide?

J'ai senti une main sur mon épaule.

C'était Axl.

* CHAPITRE DIX *

Zut de zut! Est-ce qu'il m'avait suivi jusqu'ici? Comment avait-il...

Axl a brandi la feuille jaune que j'avais échappée dans la cafétéria : un prospectus pour la séance de lecture! Fred arrivait à la fin de son histoire. Logan ne tarderait pas à s'approcher de la vitrine et...

— Sors de là, a murmuré Axl, accroupi à côté de moi, derrière le comptoir. Tout de suite.

Le gars en chaussures montantes s'est penché vers nous :

— Chut!

— Tout de suite, a répété Axl.

— _Non_, ai-je dit d'un ton ferme, qui m'a surpris moi-même. Pas question. Je vais la remettre à sa place. Comme ça, personne n'aura d'ennuis.

— Non? a répété Axl, l'air choqué. Mais c'est à moi!

— Non, c'est à _elle_! ai-je rétorqué.

— Fermez-la! a dit le gars en chaussures montantes, d'un ton plus dur.

J'ai levé les yeux par-dessus le comptoir. Des gens regardaient dans notre direction.

— Ne sois pas stupide, ai-je murmuré. Ou on aura tous les deux...

Axl s'est relevé et m'a pris par l'épaule. Son autre poing était fermé.

— Écoute bien, l'ordure...

Axl a élevé la voix et a brandi son poing au-dessus de sa tête.

— Taisez-vous!

— Donne-la-moi!

— Chut!

Trop tard... tout le public s'est retourné. Fred

Foldingue s'est arrêté de lire. Logan s'est levée.

- Hé! Éloigne-toi de ce comptoir! a-t-elle lancé à Axl. Personne n'a le droit d'aller là!

Murmure d'approbation de la foule.

- Moi?? a dit Axl d'un air offusqué. J'essaie de vous aider, oui. C'est lui qui est en train de voler!

J'ai pensé m'évanouir. Et soudain, Axl s'est relevé et m'a soulevé par la veste.

- Ooooooh! a murmuré le public.

Logan a plissé les yeux.

- Danny?

Axl s'est tourné vers moi :

- Allez, montre-lui.

- Voyons, a ricané Logan. Danny ne pourrait jamais...

- C'est un voleur, a dit Axl d'une voix assurée.

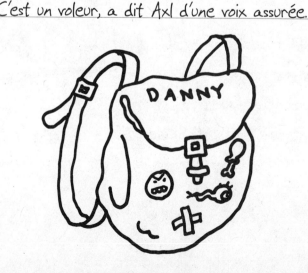

Vérifiez son sac à dos.

Oh, non. Non, non et non.

- Vérifiez son sac, a insisté Axl.

Est-ce que tout ça était réel?

Personne n'a bougé.

- Bon, moi, je vais le faire, a dit Axl en s'approchant brusquement de moi.

Je me suis reculé, heurtant au passage une pile de figurines. Cra-floup! Elles sont tombées par terre. Alors que je m'écroulais au milieu d'un tas de plastique, un gars coiffé d'une casquette de baseball s'est penché et a empoigné mon sac à dos. J'étais paralysé de peur.

- Ouvre-le, a dit Axl.

Le gars à la casquette de baseball a fouillé un moment, puis il a sorti Scélérate.

- Oh non! a crié quelqu'un. C'est la première

édition!

Tous les gens sont restés bouche bée.

Logan n'en revenait pas :

– Danny???

La foule a commencé à huer et à siffler. Quelqu'un m'a lancé un cahier à spirale. Une bouteille d'eau vide m'a touché à l'épaule, puis un paquet de gomme à mâcher. C'était surréaliste.

— Je peux vous expliquer! ai-je supplié. Ce n'est pas ce que vous...

Un carton de jus m'a frappé en pleine poitrine.

Au milieu des huées, j'ai entendu la sonnette du magasin tinter. Axl avait quitté les lieux.

* CHAPITRE ONZE *

– Je suis abasourdie, a dit Logan. Tout simplement abasourdie.

Je n'étais pas sûr de ce que ça voulait dire, mais je savais que ce n'était pas bon. Le public était ravi et moi, j'avais l'estomac à l'envers. J'ai essayé de prendre une voix normale :

– Logan, voilà ce qui est arrivé. La semaine dernière, quand on est venus, Axl a volé la BD. Quand j'ai découvert ça, je la lui ai reprise. J'étais juste en train de la rapporter!

Pendant un instant, elle a eu l'air hésitante.

— Jamais, je ne vous volerais jamais, ai-je dit d'une voix basse. Jamais.

— Bel essai! a lancé quelqu'un. Mais la BD était dans son sac à lui.

Logan avait l'air incertaine. La foule a recommencé à me huer.

— Je l'ai vu jouer dans la serrure, a avancé une fille.

— Moi aussi! a dit quelqu'un d'autre.

— COUPABLE! COUPABLE! a scandé la foule.

— Je rapportais juste la BD, ai-je insisté d'une voix rauque.

— COUPABLE! COUPABLE! a repris la foule.

Logan a ouvert la bouche, comme pour dire quelque chose, puis elle s'est ravisée.

— C'est ça, a-t-elle dit en me lançant un regard furieux. Et après, tu t'es fait enlever par des extraterrestres. Tu me prends pour une idiote, Danny?

Tout le monde a ricané.

– Sors d'ici, a-t-elle ajouté.

J'ai senti mon corps paralysé.

– Tout de suite!

Étourdi, j'ai flotté en direction de la porte.

Un enlèvement par des extraterrestres serait merveilleux
par rapport à tout ça.

Et soudain, Fred Foldingue s'est levé :

– J'aimerais dire quelque chose.

Tout le monde s'est tu.

– Jeune homme.

Ses yeux bleus larmoyants ont croisé les miens.

– Tu t'es couvert de honte devant ces grands
fans d'histoires illustrées, a-t-il tonné. Tu as trahi

Logan, elle qui cultive les esprits créatifs. Tu t'es moqué de nous, qui utilisons l'art pour combattre l'ennui et donner un sens à un monde déroutant.

— Fred, ai-je supplié. Non, vous vous trompez... complètement. C'est un gros malentendu...

Je suis l'un des vôtres, c'est ce que j'essayais de lui dire. Moi aussi, j'utilise l'art pour combattre l'ennui et donner un sens au monde! C'est comme ça que je survis! J'utilise l'art tous les jours...

Personne n'aimait plus les BD que moi. Je ne pourrais pas vivre sans elles!

Pour supporter l'école   Pour tuer le temps

Pour me faire
des amis

Pour calmer mes
ennemis

Fred s'est tourné
vers le public :

— Que cela vous
serve de leçon à tous.
Est-ce que quelqu'un sait
ce que Scélérate fait
aux voleurs à l'étalage?

Des voix ont
répondu :

– Elle les donne à manger aux requins!

– Elle les jette dans le cratère d'un volcan!

– Elle les désintègre!

J'ai compris le message. Décevoir Logan était terrible et savoir que Jasper risquait de l'apprendre était encore pire, mais être déclaré publiquement un vaurien de classe mondiale par mon héros de toujours...

Ça, c'était l'horreur.

Logan a ouvert la porte pour moi.

– Tu es banni de ce magasin, m'a-t-elle dit, les lèvres tremblantes. Je devrais appeler tes parents et la police aussi.

– Logan, vous ne...

J'étais anéanti.

– La plaisanterie est <u>terminée</u>, Danny.

Logan avait haussé le ton. Oh non!

– Mais...

– Je ne veux plus te voir, a dit Logan en se massant les tempes.

– COUPABLE! COUPABLE! a scandé la foule.

– On pourrait aller discuter quelque part? ai-je murmuré sur un ton désespéré. <u>Rien que tous les deux?</u>

– Non, a répondu Logan d'une voix tremblante. Sors d'ici.

À contrecœur, je suis sorti d'un pas lourd. Quand je suis passé devant elle, elle a détourné les yeux.

– Bon sang, Danny!

Son visage s'est plissé bizarrement, comme si elle se
retenait de pleurer.

Est-ce que j'avais réellement poussé Logan au bord
des larmes? La Logan robuste, celle qui avait tout vu.
La femme qui brutalisait les clients s'ils ne

connaissaient pas le
prénom de Mamie
Lézarde. La bédéphile
surnommée « Logan la
destructrice ». C'était
comme si j'avais fait
pleurer Scélérate.

Je me suis retrouvé sur le trottoir, à essayer
d'absorber tout ça. Au moins Jasper n'était pas venu.
Il n'avait pas assisté à ma descente aux enfers. Et si
Logan appelait vraiment mes parents ou la police… j'ai
frémi. C'était déjà assez de penser à tout ce que je
ne ferais plus avec elle dorénavant.

J'étais perdu dans mes pensées quand quelque

chose a surgi des buissons.

- HÉÉÉ-YAAHH!

Dans un cri de kung-fu sauvage, mon agresseur m'a jeté au sol. Quand j'ai ouvert les yeux, j'étais couché sur le dos, dans le gazon, près de la crêperie La Belle Bretonne. Axl était penché sur moi, les bras plantés de part et d'autre de ma tête.

– Quoi de neuf? m'a-t-il demandé en me regardant fixement.

J'ai cligné des yeux et j'ai tenté de m'asseoir. Axl m'a repoussé en arrière. La nouvelle pire journée de ma vie ne faisait qu'empirer.

- Qu'est-ce que tu veux? ai-je dit.

- Juste te donner un avertissement, a répondu Axl, le visage juste au-dessus du mien. Si jamais tu me dénonces...

Il s'est frotté le nez avec la manche de sa veste militaire.

- T'es un homme mort. Pigé?

- Hmm.

J'ai essayé de hocher la tête.

- Et j'suis sérieux. T'es fichu, crevé, six pieds sous terre, un festin pour les vers de terre, au royaume des zombies, à ton dernier repos.

J'ai poussé un grognement.

- Si jamais tu dis qu'on a volé la BD... On te réserve des choses qu'on a encore essayées sur personne : du genre de James Bond.

J'ai hoché la tête de nouveau.

— Comme c'est là, t'es mal parti, a ajouté Axl en penchant sa tête au-dessus de moi. T'es vraiment mal parti parce que tu as pris cette première édition dans mon sac à dos.

Il a plissé les yeux :

— J'ai découvert combien elle vaut, cette BD.

— Mais elle appartient à Logan, Axl, ai-je répliqué d'une voix lasse. Comment tu te sentirais si on te piquait tes chaussures originales LeBron?

— T'es pas reconnaissant, a dit Axl avec un geste de la main. Il faut que tu restes avec les Crânes. Que pourrais-tu espérer de mieux? Et t'as abusé du privilège.

Il avait l'air réellement blessé. Il m'a lâché et a roulé de côté. Je me suis relevé et j'ai couru vers la rue.

— Si tu me dénonces, t'es mort! a-t-il hurlé.

Je ne me suis pas retourné.

* CHAPITRE DOUZE *

À l'école le lendemain, tout le monde parlait du crime. Quelques élèves ont froncé les sourcils en me voyant et Katelyn Ogleby a sifflé « Voleur! ». J'ai aperçu Jasper dans le corridor, mais il m'évitait toujours.

Ty Daniels m'a regardé d'un drôle d'air. Fiona Sterry-Eckstut a changé de place pour ne pas être assise à côté de moi.

Je n'étais pas vraiment le capitaine de l'équipe de football avant ça. Mais là, j'étais sans doute descendu encore plus bas dans la chaîne alimentaire.

MOI

Au dîner, je me suis assis à la table des marginaux. Je me suis dit que c'était ma place. Mais quand Pinky Shroeder s'est mis à distribuer des photocopies de ses fesses, j'ai décidé que je serais mieux tout seul. J'ai repéré un banc à côté du climatiseur.

Je me rendais au banc quand Chantal m'a appelé.

— Danny! a-t-elle dit en me faisant signe de venir sur le banc à côté d'elle. Pose donc tes pauvres fesses là.

À contrecœur, je me suis assis à la table des brutes et des mauvaises filles.

— C'est quoi cette histoire? T'as volé une BD à cinq cents dollars?

– Heu, c'est une longue...

– Allez, raconte-moi.

Toute la table s'est penchée pour écouter.

J'étais dans une position délicate. Si je disais la vérité, Axl me tomberait dessus pour les avoir dénoncés. J'ai regardé les Crânes, à l'autre bout de la table. Boris m'a salué. Je m'étais déjà mis Axl à dos. Si je racontais ce qui s'était réellement passé, qui sait ce qu'il me ferait?

Est-ce que je devais juste me taire?

— C'était lui! a lancé Brady Spitzer en me pointant du doigt. Randy Furman l'a vu!

Certaines filles ont gloussé.

Chantal s'est tournée vers moi et a levé un sourcil d'un air théâtral :

— C'est vrai?

La table s'est tue. Je me suis penché en avant, sans trop savoir quoi dire. <u>BING!</u> Une frite a atterri sur mon nez.

— Excuse, a dit Axl.

D'un bout de la table à l'autre, nos regards se sont croisés un instant. Je me suis tourné vers Chantal… et j'ai fait oui de la tête.

— Vraiment? a-t-elle dit en haussant la voix. T'es sérieux?

J'ai fait oui de la tête.

— <u>Ça alors!</u> Je veux dire, t'es tellement un geek, et tout.

Il y avait quelque chose de nouveau dans sa voix. Est-ce que c'était… <u>du respect?</u>

Un attroupement avait commencé à se former.

– Comment t'as fait pour ouvrir la vitrine?

– T'as cassé la vitre?

– Où l'as-tu cachée?

Il devait y avoir une vingtaine de personnes rassemblées. À l'ÉGF, il fallait en général un événement plus important que ça pour former un attroupement.

Une bagarre

La recherche d'un appareil dentaire

Un vomissement en public

Les élèves des autres tables ont rappliqué eux aussi.
Des filles plutôt mignonnes de la table des semi-
populaires se sont arrêtées et j'ai vu qu'Axl les

reluquait.

— Ça t'arrive de _payer_ pour des BD? m'a demandé l'une d'elles.

— Hé, Lucy! a crié Axl, en me poussant de son chemin. Tu devrais voir ce que _moi_ je sais faire.

C'était trop comique... c'est comme s'il voulait être au centre de l'attention! J'ai aperçu un bout de cape violette un peu en retrait.

Jasper.

Il était là, debout, tenant contre lui un sac à dos aussi gros qu'un mini réfrigérateur. Il avait les lèvres pincées et le visage pâle. Son corps n'était qu'à moitié tourné vers moi, mais je savais qu'il écoutait.

Soudain, j'ai perdu l'envie de parler en public. Une fois de plus, ma peur d'Axl m'avait empêché de dire la vérité. Et c'était justement pour cette raison que j'étais dans une telle situation, parce que je n'avais pas eu le courage d'aller voir

Logan dès le début. C'était sans doute trop tard, mais il fallait que je déballe tout à quelqu'un.

— Faut que j'y aille, ai-je dit aux élèves.

Pendant que les élèves se dispersaient, j'ai suivi Jasper dans la cafétéria. C'est difficile de suivre quelqu'un qui déteste ton audace, mais je devais essayer. J'ai respiré à fond et je lui ai tapé l'épaule.

— On pourrait se parler?

Jasper s'est retourné brusquement. J'avais la gorge toute sèche.

— Certainement pas, m'a-t-il répondu, les yeux luisants de colère.

— Il faut que tu m'écoutes, ai-je dit d'une voix basse. Si tu ne me crois pas, on ne se parlera plus jamais. Une seule conversation, c'est tout.

— Je suis occupé.

Sa voix était aussi calme que la mienne, mais il n'a pas bougé.

— Ça prendra dix minutes.

— Non.

— Jasper, ai-je supplié. Allez.

- NON!

Jasper a retiré ses lunettes de sécurité et on s'est regardés fixement. J'ai essayé de ne pas cligner des yeux.

- Bon, a-t-il dit finalement. Mais fais ça <u>vite</u>.

On est sortis et on s'est assis sur un banc en ciment. Je n'avais qu'une seule chance pour m'expliquer comme il faut.

J'ai ravalé ma salive, puis je lui ai raconté la vérité à propos du grand vol de Scélérate. Jasper a remis ses lunettes de sécurité et il s'est penché en avant. Avec autant d'honnêteté et de franchise que possible, j'ai décrit toutes mes tragiques erreurs.

1. J'ai traîné avec Axl et compagnie.

2. J'ai discuté avec Logan pendant qu'Axl volait la BD.

3. Je l'ai volée à mon tour.

4. J'ai essayé de la rapporter.

5. Je me suis fait prendre.

Jasper m'a écouté. J'observais sa réaction, mais c'était difficile de voir ses yeux à travers ses lunettes. Il a hoché la tête et a dit « Oh, c'est pas vrai » à plusieurs reprises. Quand j'ai eu terminé mon histoire, on est restés tous les deux un moment sans parler.

Puis Jasper a secoué la tête.

– Danny, t'as été <u>franchement</u> stupide, a-t-il dit d'une voix pleine de colère contenue.

– Je sais. Si j'avais pu tout te raconter...

J'ai regardé le sol. Lui, il aurait su quoi faire.

– Maintenant, c'est trop tard.

– Ouais. Bon.

– Je n'arrive pas à croire que Logan ne m'a pas cru.

– Tu ne peux pas lui en vouloir. Tout ce qu'elle a vu, c'est...

– Hé, Danny! a dit Luke Strohmer en me tapant l'épaule. Tu pourrais m'avoir Attaque d'aliens 4? J'ai entendu dire que t'avais des rabais à trois chiffres.

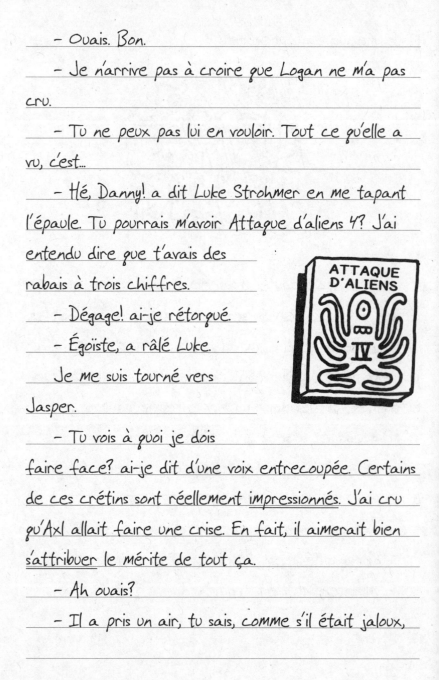

– Dégage! ai-je rétorqué.

– Égoïste, a râlé Luke.

Je me suis tourné vers Jasper.

– Tu vois à quoi je dois faire face? ai-je dit d'une voix entrecoupée. Certains de ces crétins sont réellement impressionnés. J'ai cru qu'Axl allait faire une crise. En fait, il aimerait bien s'attribuer le mérite de tout ça.

– Ah ouais?

– Il a pris un air, tu sais, comme s'il était jaloux,

ai-je dit en ricanant.

— T'es sûr? C'est intéressant.

— Ouais. Des jolies filles m'ont posé des questions et il a commencé à se mettre de l'avant. Il mourait d'envie de leur dire la vérité.

— Eh ben voilà! s'est écrié Jasper.

— Quoi?

— C'est comme ça que tu pourras prouver que ce n'est pas toi qui l'as fait. Il faut que tu pousses Axl à se dénoncer lui-même.

— Hein?

— C'est simple, a dit Jasper d'une voix plus forte. Si ce vol vient à susciter l'admiration, il ne te laissera jamais t'attribuer le mérite.

J'avais déjà remarqué cette lueur dans les yeux de Jasper. Il adorait les affrontements risqués.

— On a juste à dire combien t'as été brillant et courageux...

Est-ce qu'il venait de dire « on »?

— Il faudra que t'agisses vite, a-t-il dit. En ce

moment, tous les élèves s'intéressent à cette histoire, mais d'ici une semaine, ils parleront d'autre chose.

L'ÉGF avait une durée d'attention limitée.

— Viens me retrouver au bureau après la sixième période.

Hourra!

* CHAPITRE TREIZE *

« Le bureau » était le local du concierge, dont on se servait comme salle de conférence privée. On était toujours sur le qui-vive parce que Ralph, le concierge, pouvait arriver à tout moment.

Cet après-midi-là, j'ai séché la période d'études pour aller retrouver Jasper. J'essayais de trouver une position confortable, assis sur un grand baril de sciure de bois, celle qu'on étale sur le vomi.

EFFACE-VOMI

– Voilà ce qu'on va faire, a dit Jasper. On va réunir Axl et sa bande dans un local avec des gens qu'ils aimeraient impressionner. Et quand je dis gens, je dis...

– Des filles.

– Tu te vantes d'avoir volé la BD. Axl remet les choses à leur place. J'enregistre tout ça sur une cassette, qu'on envoie à Logan. C'est simple.

– Quelles filles? ai-je demandé.

– Celle qui porte une veste en fourrure. Qui est copine avec celle qui a une grosse touffe de cheveux. Et l'autre aussi.

Jade Traxler, Kiki De Franco et Angie Bilandic, des noms connus de tous les garçons de l'ÉGF, sauf Jasper. Un trio de filles jolies, superficielles, avec trop de maquillage, qui séchaient les cours et semblaient toujours être habillées trop chic pour l'école. Pas des candidates pour un prix en sciences, mais des filles très jolies. Axl mourrait d'envie de les impressionner.

– On fait ça où? ai-je demandé.

Kiki DeFranco
Réputation : Traîne dans
les centres commerciaux
où elle joue les dures
**Consommation de boissons
gazeuses diète** :
effrénée

Jade Traxler
Réputation : Folle des
gars
Aime : Les
moustaches et les
scooters

Angie Bilandic
Réputation : N'a rien
dans la tête
Vit pour : La journée
pyjama

— Dans le local de la radio. Il y a du matériel

d'enregistrement. Quand tu commenceras à te vanter,

Axl t'interrompra. J'enregistrerai ce qu'il dira.

Badabim, badaboum.

— Comment on fait pour les amener dans le local?

— Je m'en occupe, a dit Jasper. Il faut d'abord

qu'on trouve des cassettes vierges. Le local de la radio

est tellement vieux que les cassettes y sont encore

utilisées.

J'ai entendu le grincement d'un seau qu'on roulait dans le corridor. Ralph était revenu.

— Hé, jeunes amis. Que puis-je faire pour vous?

Ralph travaillait à l'école à temps partiel. Le reste de la semaine, il essayait de se trouver des contrats comme acteur. Parfois, il me demandait de lui donner la réplique. En avocat de la défense ou en moine du Moyen-Âge, il n'était pas mal... Le rôle de concierge était celui qui lui allait le moins bien.

— Des craies, me suis-je écrié. Mme Lugar en a plus.

— Hum, a fait Ralph en se frottant le menton. Où je trouverais ça?

Au hasard, il s'est mis à sortir des boîtes des tablettes et à les empiler.

— Des trombones… non, ce n'est pas ça.

Le plancher du local s'est retrouvé en pagaie.

— Des agrafes. Bon sang, elles sont où…?

Patatras!

— Sapristi! s'est écrié Ralph en regardant le tas de verre à ses pieds. Encore une boîte de béchers en moins!

— Vous avez eu des bons contrats dernièrement? ai-je demandé.

— J'ai fait une publicité pour des aliments biologiques, a dit Ralph. Ça paye bien, mais le costume donne vraiment chaud. Bon, elles sont où ces craies?

Ralph a posé son balai et il a recommencé à sortir des

boîtes. À chaque fois qu'il en descendait une, il lisait l'étiquette et secouait la tête. Jasper et moi, on a fait semblant de l'aider, en espérant qu'une boîte de cassettes apparaîtrait.

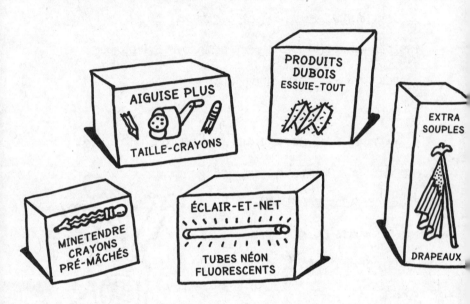

- Danny! a murmuré Jasper.

Dans un coin, il avait découvert un cimetière d'appareils électroniques, avec des vieux magnétoscopes, des projecteurs de films et une table tournante. On avait trouvé un filon. J'ai vu Jasper en train de sortir une cassette.

Soudain, les premières notes d'une chanson de la comédie musicale wicked ont résonné et Ralph a échappé une autre boîte.

– Oups!

Il a pris son téléphone et a répondu.

– C'est mon agent, a-t-il dit en remuant les lèvres silencieusement. Revenez plus tard.

Pendant que Ralph discutait au téléphone, Jasper a glissé la cassette dans son sac à dos.

On a salué Ralph de la main et on est sortis en vitesse par la grande porte métallique.

* CHAPITRE QUATORZE *

— Il faut que je me défrise les cheveux, alors cette réunion a intérêt à être courte.

Kiki a posé son sac à main sur la table. Il était de la taille d'un grille-pain et avait plein de boucles et de poches compliquées.

Tous les sept, on était dans le local de la radio, assis à des bureaux placés en cercle : Jade, Kiki, Angie, Axl, Spike, Boris et moi. Le local était aussi un studio d'enregistrement, d'où on faisait les annonces le matin via l'interphone. Les murs étaient insonorisés pour qu'on n'entende pas le bruit dans les corridors.

Dans le coin, il y avait une cabine de contrôle, avec une grande vitre. Jasper était là, en train de trifouiller les cadrans de la console.

— C'est ça le Club des potins de la mode et des célébrités? a dit Kiki en fronçant les sourcils. Je croyais qu'il y aurait juste des filles.

— De la <u>mode</u>? a répliqué Axl. Ma feuille disait « Groupe de discussion sur les jeux vidéo violents ».

Tout le monde s'est mis à parler en même temps.

— Ils nous ont dit qu'on serait payés pour tester...

— Ça disait qu'on allait poser pour des photos...

— S'il vous <u>plaît</u>! Attendez! ai-je dit en levant la main. Il y a <u>plusieurs</u> réunions en même temps. Attendez que les responsables arrivent.

Axl s'est assis lentement, en reluquant Jade, qui se mettait du brillant à lèvres framboise. Spike et Boris lançaient de la gomme mâchée sur le mur. Je savais que je ne pourrais pas les retenir longtemps.

— Qu'est-ce qu'il fait là, lui? a demandé Kiki après

avoir aperçu Jasper dans la cabine de contrôle.

— Il répare du matériel, ai-je dit en faisant un signe de main dédaigneux en direction de Jasper. T'occupe pas de lui.

Nerveusement, j'ai fixé une boîte par terre. Elle était remplie d'appareils électroniques... Mais si on y regardait de plus près, il y avait aussi un microphone qui dépassait. On avait couvert le plancher avec des cordons électriques, de manière à cacher le fil reliant le microphone à la cabine de contrôle.

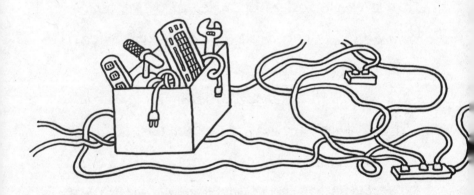

Jasper et moi, on était les seuls à savoir que le micro était ouvert.

— Hé, Danny, a dit Angie en relevant la tête. J'ai entendu dire que t'as été suspendu de l'école pour avoir volé. Qu'est-ce qui s'est passé?

Les filles se sont penchées en avant. La tête d'Axl s'est relevée d'un bond.

— T'as volé quoi? a demandé Kiki d'un ton sceptique.

— Une bande dessinée, ai-je répondu d'une voix désinvolte. Une première édition qui vaut cinq cents dollars.

— Tu vas aller en prison? a demandé Angie, les yeux brillants.

— Ooooh, a dit Jade.

— Ou dans un camp de redressement? a suggéré Angie, l'air excitée.

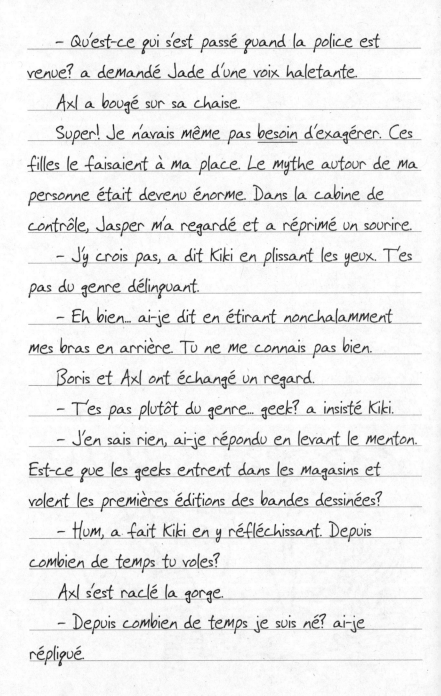

– Qu'est-ce qui s'est passé quand la police est venue? a demandé Jade d'une voix haletante.

Axl a bougé sur sa chaise.

Super! Je n'avais même pas besoin d'exagérer. Ces filles le faisaient à ma place. Le mythe autour de ma personne était devenu énorme. Dans la cabine de contrôle, Jasper m'a regardé et a réprimé un sourire.

– J'y crois pas, a dit Kiki en plissant les yeux. T'es pas du genre délinquant.

– Eh bien… ai-je dit en étirant nonchalamment mes bras en arrière. Tu ne me connais pas bien.

Boris et Axl ont échangé un regard.

– T'es pas plutôt du genre… geek? a insisté Kiki.

– J'en sais rien, ai-je répondu en levant le menton. Est-ce que les geeks entrent dans les magasins et volent les premières éditions des bandes dessinées?

– Hum, a fait Kiki en y réfléchissant. Depuis combien de temps tu voles?

Axl s'est raclé la gorge.

– Depuis combien de temps je suis né? ai-je répliqué.

Je commençais à bien m'amuser.

Les yeux d'Angie se sont écarquillés :

– T'as pas peur... du danger?

– Le danger, ai-je pouffé. Connais pas!

J'ai jeté un coup d'œil à Jasper qui levait les yeux au ciel. Axl a ouvert la bouche, puis il s'est ravisé.

J'ai senti monter en moi une bouffée de puissance : trois jolies filles étaient suspendues à chacune de mes paroles! Est-ce que ça m'était déjà arrivé?

Axl s'est raclé la gorge :

– Ahem.

Tout le monde l'a ignoré.

– Ahem.

– Chut, Axl, a dit Jade en continuant à me regarder. Danny est en train de parler.

Axl a émis un son étranglé.

– Raconte-nous, a dit Jade. Depuis le début.

– Aaaaaaaaaarrrrrrrrrrgh!

Tout le monde s'est tourné en direction d'Axl. Il hurlait comme un ours enragé. De la fumée sortait presque de ses narines et son visage avait pris la couleur du corned-beef.

– RIEN! a explosé Axl. Il a RIEEEEEEN FAIT!!! CE TYPE EST UN VRAI MENTEUR! C'EST MOI QUI AI VOLÉ LA BD, PAS LUI! Le vol, c'est ma spécialité!

Les autres gars avaient l'air inquiets.

– Axl, a murmuré Boris.

Les choses se passaient à merveille.

J'ai retenu mon souffle pendant qu'Axl s'enfonçait un peu plus, lentement mais sûrement.

– C'est moi. Qui ai volé. La BD. Pigé? C'est pas ce nul, ce geek d'art minable.

BINGO!

TOUCHÉ!

DANS LE MILLE!

J'ai jeté un coup d'œil à Jasper, impatient de le voir lever les pouces en signe de victoire. Mais il n'avait pas l'air ravi... en fait, il semblait complètement paniqué. Pourquoi agitait-il les bras comme ça?

– Excusez-moi, les gars...

Je me suis précipité vers la cabine de contrôle.

Jasper m'a tiré à l'intérieur et a claqué la porte. J'ai baissé la tête et j'ai vu que la cassette s'était arrêtée.

– Le magnétophone est fichu, a dit Jasper d'une voix rauque. Il s'est coincé et a déchiré la cassette.

Il a soulevé une bande brisée.

– Quoi?

Ça dépassait la catastrophe. J'ai regardé désespérément alentour. Il n'y avait rien d'autre que le panneau de contrôle de...

– L'interphone, ai-je lâché.

– Hein? a couiné Jasper.

– Mets-le sur l'interphone, ai-je dit d'une voix tendue. C'est notre seule option.

J'ai tiré le fil relié au microphone et l'ai branché

sur une entrée auxiliaire du panneau de contrôle.

– T'es fou? Ça s'entendra dans tous les haut-parleurs de l'école. Axl va te tuer!

– Il entendra rien de là-bas, ai-je dit. C'est insonorisé.

– Ouais, mais… T'es sûr que tu veux faire ça? a demandé Jasper en fronçant les sourcils.

Non, je n'étais pas sûr. Mais au moins, je pourrais me disculper à l'école. Et qui sait, peut-être que l'histoire arriverait aux oreilles de Logan. C'était très risqué, mais je devais tenter le coup.

– C'est pas un dur! Il a pas…

Dans l'autre pièce, Axl continuait à se vanter.

C'était maintenant ou jamais.

– …volé! C'est moi qui…

J'ai donné le signal à Jasper d'actionner l'interrupteur.

Je suis sorti en trombe de la cabine de contrôle et j'ai rejoint rapidement mon siège. Personne n'a remarqué que la lumière « en ondes » était devenue verte. Pendant qu'Axl fanfaronnait, Boris se frottait les tempes et Spike tripotait la fermeture éclair de sa veste.

Les filles avaient l'air troublées.

— J'ai ouvert la stupide...

Axl a fait une pause pour reprendre son souffle.

— ...vitrine à BD. Je suis un pro! Danny ne savait même pas ce qu'on avait fait.

Si on écoutait très, très attentivement, on pouvait entendre un léger bruit de haut-parleur dans les autres salles de classe.

Axl a continué :

— Il n'a jamais rien fait de ce genre. Danny traîne dans les toilettes des filles. Sa mère lui marque ses sous-vêtements!

L'école au complet entendait ce qu'il disait. Je me

suis imaginé six cents élèves en train de rigoler.

Quels autres secrets pouvait-il révéler...?

Axl s'amusait bien, c'est certain :

— Il porte des chaussures de sport sans marque, comme ma grand-mère! Et la plus grosse farce, c'est qu'il croit avoir une chance avec Asia O'Neill!

J'ai senti mon visage devenir brûlant.

— Il l'aiiiime, a rigolé Axl. C'est pathétique!

J'ai fixé le plancher. C'était une humiliation publique de grande envergure. Diffusée dans toute l'école.

— Ses seuls amis sont des super geeks, a dit Axl en ricanant. Comme ce type Jasper...

Il a pointé son doigt en direction de la cabine de contrôle.

Même dans l'état pitoyable où j'étais, je ne pouvais pas laisser passer ça. Je me suis donc levé.

— Hum, Axl?

Il m'a ignoré.

— Parlant de méga nul, ce type...

— Axl?

Je me suis planté devant lui.

— Qu'est-ce que tu veux, débile?

Ma voix était calme.

— Jasper est le gars le plus cool que je connaisse. Il a plus de cerveau dans son tibia gauche que t'en as, toi, dans tout ton corps néandertalien. Il est à des années-lumière de tous les élèves de cette école. Les filles sont folles de lui.

— Son tibia...? a répété Boris en fronçant les sourcils.

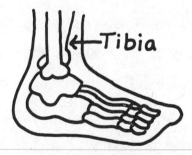

Dans la cabine de contrôle, je voyais Jasper répéter silencieusement « les filles? ».

— Regarde bien, ai-je continué. Dans dix ans, Jasper sera devenu célèbre. Il aura inventé une tablette électronique à ADN, un transmogrificateur vidéo ou un tube digitron orbital. Il a des idées géantes, des intérêts fous et un super sens de l'humour. Qui ne voudrait pas être son ami?

— Mais c'est un geek, a grommelé Axl.

— Puis après, ai-je dit en haussant les épaules.

Axl avait l'air dérouté.

— Pour ce qui est de la BD, ai-je poursuivi en me tournant vers les filles. Axl a dit la vérité : je ne l'ai pas volée, c'est lui qui l'a volée. Bêtement, j'ai essayé de la rapporter au magasin sans en parler à personne. La propriétaire m'a attrapé en train d'ouvrir la vitrine et la suite, vous la connaissez. C'est ça, Axl?

— C'est ça, a-t-il répondu, l'air moins sûr de lui. Je vous avais dit qu'il avait pas assez de cran pour faire ça.

— C'est vrai, ai-je admis.

Axl a eu l'air confus. Quel plaisir y avait-il à me dénigrer si j'étais d'accord avec lui?

— Pour votre information, j'ai pas été suspendu de l'école et j'irai pas en camp de redressement, ai-je dit. Pas de police non plus. Tout ce que j'ai fait, c'est agir comme un idiot et prendre des mauvaises décisions. À commencer par les personnes avec qui j'ai choisi de traîner.

J'ai regardé Jasper. Cette dernière phrase s'adressait tout spécialement à lui. Une façon pour moi d'admettre à quel point j'avais été nul.

— Bon, maintenant, je sais plus qui croire, moi, a dit Jade en faisant la moue.

— Tu sais pas! a crié Axl. D'après toi, qui déclenche les alarmes d'incendie de cette école? Et qui dégonfle les pneus des profs?

Boris s'est tourné vers Spike :

— Viens, on le sort.

Les gars ont empoigné Axl chacun par un bras.

— Qui a emballé la maison du directeur avec du papier hygiénique? Qui a vandalisé la plaque à l'entrée de l'école? Qui a déguisé la statue...

Les gars ont traîné Axl hors du local.

– ... avec de la lingerie???

Ils étaient partis. Pendant un moment, personne n'a parlé.

Dans quelques secondes, Axl allait apprendre que toute l'école l'avait entendu. J'ai essayé d'attirer l'attention de Jasper. Se sauver au plus vite ne serait peut-être pas une mauvaise idée.

– Eh bien, c'était drôlement passionnant, a dit Jade, le visage tout rouge.

On a entendu des coups à la porte. Il y avait un attroupement, un tas d'élèves qui essayaient de voir à l'intérieur du local. Par la fenêtre, je voyais des gens qui nous montraient du doigt en rigolant.

Après avoir regardé l'horloge, Angie a dit :

– Bon, est-ce que cette stupide réunion va commencer un jour?

* CHAPITRE QUINZE *

J'ai fait signe à Jasper de sortir par la porte arrière.

On a laissé les filles là et on est partis en courant dans un petit corridor, puis on s'est engouffrés dans le local de photocopie vide. Une fois la porte fermée, on a poussé de grands cris.

— C'est incroyable, a-t-il dit d'un air triomphant.

— Axl est tombé dans le panneau. Complètement!

— T'as vu sa tête?

— Attends qu'il comprenne ce qui s'est passé… ai-je commencé.

Puis je me suis tu. Je n'étais pas encore sorti d'affaire.

Quand Axl allait apprendre que ses aveux avaient été diffusés dans chaque classe, corridor et bureau de l'école, il ne serait pas content. En fait, il serait furieux…

Et même plus que furieux.

Je voulais qu'il se vante d'avoir volé la BD, mais il était allé beaucoup plus loin que ça, en avouant qu'il avait déclenché l'alarme d'incendie et emballé la maison du directeur avec du papier hygiénique. Maintenant, sa situation désastreuse était aussi la mienne. S'il était sévèrement puni, qu'est-ce qu'il me ferait?

Oups!

En plus d'Axl, j'avais d'autres gros problèmes.

Il fallait encore que je règle la situation avec Logan et que j'affronte tout le monde à l'école. J'étais passé de « ignoré de tous » à « humilié publiquement ». À l'idée d'affronter Asia après ce qu'Axl avait dit, mon cœur s'est mis à palpiter.

– Excuse-moi pour le problème d'enregistrement, a dit Jasper, les joues cramoisies. Heureusement qu'on avait... une sorte de... un plan B, quoi.

– C'est correct, ai-je dit en essayant de ne pas avoir l'air trop déçu. J'espère seulement que Logan va en entendre parler.

– Je n'arrive pas à croire comment tu étais remonté. « Le danger? Connais pas! » T'en as beurré un peu épais.

– Peut-être, ai-je admis. C'était amusant. Une partie de moi détestait dire la vérité.

C'était agréable d'être taquiné de nouveau par Jasper.

– Ce que t'as dit sur moi...

Jasper n'a pas terminé sa phrase. On a tous les deux regardé le plancher, gênés.

– Faut que je me sauve, a dit Jasper en mettant son sac à dos sur ses épaules. Hum... Demain soir, il y a la lutte dans la boue sur le câble. C'est Helga la géante contre La louve.

– Ah ouais? ai-je dit en le regardant

attentivement. Ça veut dire que...

— Ouais, a répondu Jasper en haussant les épaules. Viens à 8 heures.

— D'accord.

Hourra!

J'ai ouvert la porte, extrêmement soulagé. Maintenant, je pouvais affronter absolument n'importe qui.

Quand je suis arrivé dans le corridor principal, les élèves se sont précipités sur moi.

— Ça alors! a crié une fille d'une voix perçante. Ce message était hilarant! Est-ce que ta mère marque vraiment tes sous-vêtements?

— Alors, comme ça, t'as un petit faible pour Asia?

a dit une autre fille.

Elles se sont mises à glousser.

Ce n'était pas un bon signe. Je craignais que le résultat de la tirade d'Axl soit « Danny est un dégonflé qui croit qu'il mérite la fille la plus cool de l'école ».

– Y'a quoi dans les toilettes des filles? a demandé Luke Strohmer avec un sourire.

Je me suis éloigné et me suis installé dans un petit escalier pour planifier ma prochaine manœuvre. Comment aller en cours d'écologie sans qu'on me remarque? J'ai remonté le capuchon de mon chandail et j'ai tiré les cordons tellement serrés que seul mon

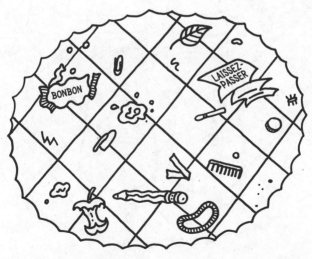

nez dépassait. Le capuchon me recouvrait le visage, mais il m'empêchait aussi de bien voir.

– Danny?

À travers le capuchon, j'ai entendu une voix de fille. Si je marchais vite, peut-être que la voix disparaîtrait.

– DANNY!

Quelqu'un a saisi ma manche. Par le trou de mon capuchon, j'ai eu une vision terrifiante.

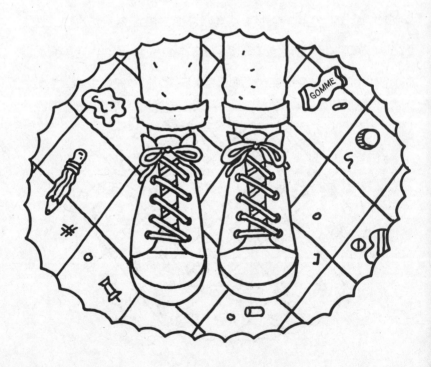

Les pieds d'Asia O'Neill!

Zut.

Mon amour impossible venait d'être annoncé à toute l'école, en même temps que les détails de mon statut de nul. Et voilà qu'il fallait que je tombe sur elle.

À quoi avait servi mon geste de « dur »?

– Salut, a dit Asia. Tu pourrais baisser ton capuchon? Je veux te parler.

Faisant semblant de ne pas l'avoir entendue, j'ai continué à marcher.

– Je suis _contente_ que ce soit Axl qui a volé la BD, a-t-elle dit d'une voix forte. Et pas toi.

À ces mots, je me suis arrêté et je me suis retourné.

– Ces gars sont des voyous, a-t-elle dit. Je suis contente que tu ne sois pas l'un d'eux.

– C'est vrai? ai-je dit en penchant la tête en arrière pour la voir par-dessous mon capuchon.

– Baisse ce stupide capuchon! m'a-t-elle ordonné.

J'ai obéi. J'avais sûrement les cheveux dressés sur

la tête, comme ceux d'un scientifique fou. Elle avait l'air cool, avec ses t-shirts superposés et des plaques d'identification militaires autour du cou.

– J'ai cru qu'Axl et toi, vous étiez des amis, ai-je dit.

– Qu'est-ce qui t'a fait penser ça?

La journée pouvait difficilement être plus humiliante, alors j'ai continué :

– La semaine passée, tu lui parlais devant la fontaine.

J'avais l'air d'un élève de deuxième année.

Asia a éclaté de rire.

– Tu rigoles? s'est-elle esclaffée. Je suis sa tutrice en maths. Et je le félicitais d'avoir obtenu un D + au lieu d'un E.

Ah.

Elle était la _tutrice_ d'Axl... pas son amie! Soudain, je me suis senti plus léger. Puis je me suis souvenu de la tirade d'Axl « Il croit avoir une chance avec Asia O'Neill! » et j'ai eu envie de m'enfoncer dans le plancher.

Il fallait que je dise quelque chose.

— Heu... Asia... ai-je dit, incapable de la regarder. Quand Axl a dit... heu... tu sais... à propos de...

— Oui?

— Moi qui crois avoir une chance avec... tu sais, toi...

— N'y pense plus, a dit Asia d'un revers de la main.

— Ce n'est pas vrai.

Est-ce que je venais de dire _ce n'est pas vrai_?

— Parce que, tu sais, ce n'est pas ce que je crois. Je veux dire, t'es correcte et tout.

Les choses ont dégringolé rapidement :

— Ce que je veux dire, c'est que je vais pas raconter...

Asia s'est raclé la gorge.

– Danny, a-t-elle dit d'une voix ferme. N'y pense plus. Je n'écoute même pas ce genre de potins.

– Ah, c'est bien.

Mais d'un autre côté, la rapidité avec laquelle elle avait écarté mes propos était décevante.

– Faut que je téléphone, a dit Asia en sortant sa montre de poche argentée. Je voulais juste te dire que j'étais contente que ce ne soit pas toi le coupable. Et j'aime comment t'as défendu Jasper. « Amis et accros pour toujours! ».

Elle avait cité Scélérate!

– Comment sais-tu...? ai-je commencé.

Asia a rougi.

– On m'a dit que t'aimais bien.

– C'est vrai.

J'ai souri. Est-ce qu'on parlait encore de Scélérate?

Le sourire d'Asia s'est agrandi, puis elle a dit :

– À la prochaine!

Quand elle s'est retournée, ses cheveux ont tournoyé comme un pinceau.

Elle m'a salué de la main et s'est éloignée dans le corridor en flottant, mystérieuse, comme toujours.

À quoi pensait-elle? Je n'en avais aucune idée.

Mais je savais que ce sourire me manquerait pendant longtemps, très longtemps.

* CHAPITRE SEIZE *

Arrivé devant Planète BD, j'ai inspiré à fond.

Je n'y étais pas revenu depuis le désastre. Ça faisait une éternité, il me semblait.

Comment réagirait Logan en me voyant?

Il fallait que je prenne le risque. Les mains tremblantes, j'ai ouvert la porte et j'ai entendu le tintement familier de la sonnette. L'odeur des 10 000 vieilles BD m'a envahi, un mélange de papier moisi, de nachos réchauffés au micro-ondes et de vieille gomme balloune. Si seulement on pouvait mettre ce parfum en bouteille!

EAU
DE
MAGASIN
DE BD

Logan était au téléphone. Assise sur son tabouret, derrière la caisse, elle commandait à manger :

– ... avec de la salsa en plus. Non, moyenne. Des haricots noirs, pas fris, a-t-elle ajouté sans lever les yeux de son manga.

Je me suis forcé à avancer. De quelque part, au-dessus de moi, j'ai entendu un énorme « COAARR! ». Qu'est-ce que c'était?

J'ai regardé autour de moi.

– COAAARR!

J'ai regardé à droite et j'ai vu le perroquet de Fred Foldingue, qui me regardait fixement. Qu'est-ce qu'il faisait là lui? Ah oui, Logan hébergeait Fred cette semaine, jusqu'à ce qu'il retourne à New York. Il était assis sur un tabouret, plongé dans une BD.

L'oiseau m'avait vu, mais ni Fred ni Logan ne

m'avaient remarqué. Je me suis retourné. Pas question que j'écoute un autre discours de Fred! Sur la pointe des pieds, je me suis approché de la porte et j'ai essayé de me faufiler sans faire tinter la sonnette.

– COAAAARR!

L'oiseau a crié de nouveau.

Logan a relevé la tête.

– Danny! s'est-elle exclamée.

Je me suis retourné lentement, en laissant la porte se refermer.

– Logan, je suis sincèrement désolé...

Je me suis tu. Elle m'a simplement fixé, les bras croisés et le visage sombre. Je suis resté planté là, figé de terreur, pendant que les secondes s'égrenaient.

– Viens ici, a-t-elle fini par dire.

Les jambes chancelantes, je me suis dirigé vers le comptoir. Elle m'a pris la tête et m'a frotté le crâne avec ses poings.

– Ouille! ai-je crié.

Après ce frottage de peau à vif, elle m'a

repoussé.

— Je sais que ce n'est pas toi qui l'as fait, a dit Logan en relevant le menton. Asia m'a téléphoné de l'école et m'a dit que c'était Axl. Alors, j'ai appelé le directeur.

Asia… en avait parlé à Logan?

— Tu n'es pas tiré d'affaire pour autant, a poursuivi Logan. Tu aurais dû me parler de ce vol tout de suite… surtout que c'était toi qui avais amené Axl ici. Tu as ta part de responsabilité.

— Absolument, ai-je dit, la gorge serrée. Je suis d'accord avec vous.

— Pendant les trois prochains mois, tu travailleras ici, au magasin, a dit Logan, sans être payé.

J'ai ressenti un profond soulagement.

C'était tout?

— Quinze heures par semaine, a poursuivi Logan. C'est comme un emploi après l'école.

Je me suis demandé si j'avais bien compris. Travailler chez Planète BD était une punition?

D'AUTRES PUNITIONS NON EFFICACES

Tester des jeux vidéo

Surveiller la piscine

Goûter de la crème glacée

- Tu ne vas pas seulement mettre des BD dans des pochettes, tu sais, a dit Logan. Tu vas aussi balayer, épousseter, passer la serpillière, poser des souricières. Tout ce que je veux. Même laver les déguisements sales...

Ça, ça avait l'air moins agréable.

- En bref, tu seras mon esclave personnel. Et tu sais quoi? a ajouté Logan en plissant les yeux. Je déteste les paresseux.

- C'est correct. Et qu'est-ce qui va arriver à Axl? ai-je osé demander.

- Tu peux lui demander toi-même, a dit Logan avec un haussement d'épaules. Il est dehors, en train de ramasser du gravier.

Axl était ici?

- Le directeur l'a amené après l'école, a dit Logan. Va le voir!

À contrecœur, j'ai ouvert la porte et j'ai suivi l'allée qui menait à la petite surface de ciment,  derrière le magasin. Axl mâchouillait une allumette tout en transportant du gravier qu'il avait chargé dans une brouette.

- Heu, salut, ai-je dit.

Axl a grommelé et s'est essuyé le front.

- C'est ça ta punition? ai-je dit timidement.

Axl a craché son allumette.

– Le directeur et Logan ont conclu un accord. Il faut que je ramasse tout le gravier, que je jette les ordures, que je nettoie l'allée, que je repeigne le magasin et que je pose une clôture. Ça prendra des mois.

Malgré sa liste de tâches, il n'avait pas l'air aussi fâché que je m'y attendais.

– Moi aussi, je vais devoir être son esclave, ai-je dit.

– Et c'est pas tout.

La voix d'Axl avait changé. Il avait l'air presque... fier.

– Elle veut que je rende le magasin à l'épreuve des voleurs. À l'épreuve des gars comme moi.

– Ah ouais?

– Ouais. Qui en sait plus que moi sur les effractions? Je peux vraiment l'aider.

– C'est bien, ai-je dit.

Axl a pris une autre allumette et a demandé :

– Tu croyais que t'allais te faire botter les fesses?

J'ai fait oui de la tête.

- Boris et Spike voulaient que je te démolisse. Pour nous avoir branchés l'interphone et toute cette histoire. Mais Logan m'a fait promettre de te laisser tranquille.

Il a levé les yeux au ciel.

- Oh, heu... merci.

- Te réjouis pas trop, a dit Axl en remplissant une autre pelle. Tant que je reste ici, je suis ses règles à elle, mais dès que j'aurai fini...

Il a affiché un sourire diabolique. Je lui ai retourné son sourire :

- C'est super de savoir que rien n'a changé.

- À plus tard, a dit Axl d'un air important. Il faut que je rende ces présentoirs à l'épreuve des voleurs.

Il est parti en poussant sa brouette et en

fredonnant une chanson rap violente.

Je n'arrivais pas à croire que je m'en tirais sans même un bras tordu. Peut-être que ma vraie punition, c'était d'avoir Axl dans les parages, à me menacer... même s'il ne pouvait pas encore passer à l'action.

J'aurais bien aimé qu'on fasse des cartes de

souhaits pour des occasions comme celle-ci.

Quand je suis retourné dans le magasin, il n'y avait que Fred Foldingue. Il était derrière le comptoir et caressait Jennie, le perroquet. J'ai essayé d'éviter son regard.

– Logan t'a laissé un horaire de travail, a-t-il dit. Sur le comptoir.

– Merci.

J'ai pris la feuille et l'ai fourrée dans mon carnet de dessins. Comme je fouinais dans mon sac, le carnet de dessins est tombé par terre. La présence de Fred Foldingue m'a rendu nerveux. Je me souvenais de son sermon et de tous les gens qui rigolaient.

Le carnet s'était ouvert sur un de mes dessins.

– C'est quoi ça? a dit Fred en pointant le dessin.

– Rien, ai-je dit en le ramassant. Mon carnet de dessins.

– Donne-le-moi, a-t-il aboyé.

À contrecœur, je le lui ai donné. Fred a mis ses lunettes et a feuilleté mes dessins.

– COAAAARR! a crié l'oiseau.

Fred n'a pas dit un mot. Je suis resté debout, l'air gêné, ne sachant pas où regarder. Finalement, il s'est raclé la gorge.

– Cette barge à déchets est excellente, a-t-il déclaré. Surtout le squelette de poisson.

Incroyable! C'était... un compliment!

Dans le palmarès des choses dont je me souviendrais toujours, les encouragements de Fred Foldingue se trouvaient en tête, et de loin.

Fred a parcouru tout mon carnet de dessins, en faisant une remarque ici et là : « Cet os de poulet est bien » ou « J'aime comment tu as dessiné le vomi ». Incroyable... c'était mieux comme ça! Il a remarqué tous mes petits détails : les injections de sang dans un globe oculaire, les points de suture sur la joue d'un zombie.

C'était super.

– J'ai l'impression de me revoir à ton âge, a dit Fred, d'une voix bourrue. J'étais un geek artistique moi aussi.

– Les gens vous traitaient de geek?

– Les gens? a-t-il ronchonné. « Geek », c'était mon mot. Pour moi, c'était le plus beau compliment.

Intéressant.

Et soudain, j'ai eu très hâte de retourner à

l'école le lendemain. J'avais quelque chose à y faire.

— Quels sous-vêtements tu portes?

Gloussements, gloussements.

— Danny et Asia! Danny et Asia!

Pendant que je marchais dans le corridor, les élèves me criaient des bêtises et ricanaient. C'était agaçant, mais je m'en fichais.

Je cherchais quelqu'un.

Pendant la pause entre les cours, j'ai attendu dans le corridor principal, scrutant les groupes de filles bruyants. Finalement, j'ai reconnu une tour de cheveux noirs posée sur une tête.

— Chantal! ai-je crié.

Elle racontait une histoire. « Mais zut, qu'est-ce que tu comprends pas dans la phrase "T'as des cuisses de poulet"? »

Un trio de filles s'extasiait à ses côtés. Je l'ai tirée par la manche.

— Qu'est-ce que tu veux, <u>toi</u>?

Elle s'est retournée, l'air énervé.

– Que tu me rendes un service, ai-je dit, essoufflé.

Elle a fait signe aux filles d'avancer sans elle.

– Danny Shine, a-t-elle dit en fronçant les sourcils.
Quelle histoire de cinglé t'as encore inventée
aujourd'hui?

– Tu pourrais remettre mon nom sur la liste des
nuls? ai-je dit d'un trait. Avec le mot « geek » à
côté, comme avant.

– Quoi???

Ses sourcils se sont rapprochés.

Je me suis rappelé que Fred Foldingue avait dit
que le mot « geek » était le plus beau des
compliments. Regardez le pétrin dans lequel je m'étais
mis parce que j'avais voulu supprimer mon nom de la
liste.

Pourquoi renier ce que j'étais?

– Je suis fier d'être un geek, ai-je dit. Les geeks
s'intéressent à plein de choses. Ils ont des idées
bizarres et des esprits créatifs. S'ils ne s'habillent pas
toujours bien, c'est parce qu'ils ont des choses plus

importantes à penser, comme concevoir des stations spatiales, former un groupe en hommage aux Beatles ou gagner le championnat du monde de frisbee golf. Ils portent des montres calculatrices et des chandails laids. Faut t'y faire.

— Hum, a fait Chantal en fronçant les sourcils. Si les élèves veulent être sur la liste, à quoi ça sert? D'ailleurs, cette liste existe plus. Shakima l'a peinte avec du vernis à ongles violet. Alors, il faudra que tu te trouves un autre moyen pour faire savoir aux gens quel phénomène tu es.

— D'accord, ai-je dit avec un haussement d'épaules.

J'avais hâte.

H.N. KOWITT a écrit plus de 40 livres pour les jeunes. Son prochain, <u>Une sucrée d'entente</u>, dans la collection Rose bonbon, paraîtra bientôt. Elle vit à New York, où elle adore faire du vélo, courir les marchés aux puces et faire du jardinage sur son escalier de secours.